글벗시선145 박미애 시조집

나 그대 향해

박미애 지음

시인의 말

위로와 도전, 따뜻한 사랑의 글

문학회 활동을 본격적으로 한지가 어느덧 8개월이 넘고 그 사이 습작의 시조가 200편이 넘었습니다. 삶의 이야기들을 일기처럼 풀어 가시는 글벗문학회의 시인님들은 참 품성이 곱고 온유하신 분들이란 걸 알았습니다.

8개월이 지나다 보니 나도 모르게 예쁜 시들 고운 서정의 노래들이 늘어나 사유 깊은 자극적인 시들은 이젠 쓰고 싶지가 않네요. 이게 좋은 일인지 나쁜 일인지 모르겠습니다. 글을 쓰는 일이 요즘은 너무나 좋습니다. 지천명이 지나 하루하루의 잡념들을 따뜻한 커피 한 잔과 함께 글 속에 담아 마셔버리는 습관이 들어 이제는 하루도 시를 짓지 않고는 살지 못하는 여인이 되어버렸습니다.

제 글과 시가 어떤 분께는 위로가 되고, 어떤 분께는 도전이 되며, 또 어떤 분께는 따뜻한 사랑의 위로가 되기를 기도해 봅니다. 서운했던 봄날의 추억이 지고 햇살이 성을 내고 있는 여름이네요.

이 여름도 뜨거운 시심을 불태우기를 바라며 제게 글을 쓸 수 있고 시를 지을 수 있는 달란트를 주신 주님께 무한

한 감사를 올려봅니다. 사는 날까지 예쁘고 고운 시들을 빚어보겠습니다.

사랑하는 도서출판 글벗, 글벗문학회의 무궁한 발전을 아울러 기도드립니다.

2021년 7월 저자 박미애

축하의 글(1)

당신을 눈 빠지게 기다렸나이다

내가 글벗문학회 밴드에 사자성어(四字成語)를 매일 게시하고 있었는데 그때마다 박미애 시인이 기꺼이 공감을 표할 뿐 아니라 '제가 캡처합니다.'란 멘트를 꼭 남기곤 했습니다. 시인의 캡처란 표현이 나로 하여금 부쩍 흥미를 돋우게 만들었습니다. (포로)로 '잡아가다'의 뜻을 가진 Capture란 단어를 영문 구약성경에서 자주자주 볼 수 있었기 때문입니다. 얼마나 가져가고 싶었으면 군대에서나 쓰일 법한 캡처란 용어를 인용했을까 하는 좀 비약적인 상상을 해서입니다. —사실은 캡처가 어떤 분야의 전문 용어로 쓰이는 줄도 모르곤—그러던 차 어느 날 박미애 시인의 반가운 전화가 머나먼 이역만리 독일에서 걸려오면서 이렇게 연이 이어지게 되었습니다.

박미애 시인의 시의 경지는 온통 그대(The LORD)를 향한 간절한 염원으로 누벼져 있습니다. 아마도 시인의 시낭(詩囊)속엔 믿음, 소망, 사랑으로 분장한 고운 시어들이 시인의 간택(揀擇)을 기다리며 줄지어 서 있는 듯 3, 4연의 연시조를 즉흥적으로 엮어내는 탁월한 문재(文才)를 갖고 있습니다. 내가 무엇보다 박미애 시인에게 깊은 관심을 갖게 된 것은 그대(LORD)를 향한 시인의 순수한 열망과 믿음이었습니다. 시인이 엮어내는 모든 시어들마다엔 그대(LORD)에 대한 시인의 핵심(詩想)이 고스란히 농축되어 있었기 때문입니다.

먼 하늘 안개 기둥
뽀얗게 다가올 때
하늘 문 열어젖힌
작은 새 날갯짓을
보듬어 고이 품어줄
그대 향해 가누나
- 시조 「나 그대 향해」 중

'하늘 문 열어젖힌 작은 새 날갯짓은'는 시인이 얼마나 그대(LORD)를 사모하고 또 대망하고 있는지를 엿볼 수 있는 대목입니다. 식솔 여섯을 거느린 대가족 전업주부로서 꾸준한 시작 활동을 통해 품어내는 열띤 숨결엔 '이 몸이 당신 약속을 눈 빠지게 기다립니다. (공동번역 시편 119편 82절)라고 애태운 시편 기자의 갈급한 고백이 그대로 공명되고 있는 듯해서입니다.

박미애 시인의 『나 그대 향해』 시조집의 출간에 즈음해 더 많은 독자들의 손에 이 시집이 들려져 우리 주님의 향기를 직접 체험하는 향기로운 문서가 되기를 기원하는 마음으로 축하의 뜻을 갈음하려 합니다.

주후 2021년 6월 16일
고국 三山二水의 고을에서 글벗
한솔 윤한용

축하의 글(2)

그럴 줄 알았습니다

이미 나 저 밑 땅속 깊은 곳에서 에너지를 잔뜩 머금은 불덩어리 용암처럼, 압축하면 압축할수록 더 튀어 오르고자 하는 용수철의 본능처럼, 주은 박미애 시인의 절제할 수 없는 시상이 이제 또 터져 나올 줄 알았습니다!

바로 그런 열정과 에너지가 『나 그대 향해』라는 시조집에 물씬 물씬 배어 있습니다.

주은 시인의 시조를 읽노라면 읽는 글이 아니요, 보는 글이 되어 담백한 수채화를 감상케 합니다.

> 먼 하늘 안개 기둥
> 뽀얗게 다가올 때
> 하늘 문 열어젖힌
> 작은 새의 날갯짓을
> 보듬어 고이 품어 줄
> 그대 향해 가누나
> - 시조 「나 그대 향해」 중

또한 시조를 읽노라면 아름다운 선율이 귀에 들리는 듯합니다.

'...하루의 분주함 속
여림의 품에 안겨
줄여진 데크레센도
편히 쉬라 말한다...
...포르테 두 개 겹쳐
거꾸로 동동거린 삶
크레센도 되었네...
...살포시 안아주며
소리 없이 어우르는
잔잔한 피아노시모
그대 사랑 좋아라'
– 시조 「여림의 향연」 중

그러한 시와 청의 감각이 우리 영혼 깊숙이 스며들어 새벽어둠을 터뜨리는 새벽빛같이 밤낮의 경계선을 흩어버리고 우리에게 소망의 씨앗이 되어 심겨집니다.
특별히 쉽게 생각하여 한두 달이면 끝날 줄 여겨졌던 코로나가 어느덧 1년을 훌쩍 넘어 아직까지 소란을 피우는 이 코로나의 계절에 시조집 『나 그대 향해』는 우리에게 바로 그 소망의 새벽빛을 비춰줍니다. 이전에 평범했던 일상이 이제는 절실히 사모하는 버킷리스트가 되어버린 오늘, 시조 『나 그대 향해』는 소박한 꿈을 꾸는 우리의 사모하는 마음을 대변하기도 합니다.
절제할 수 없이 터져 나온 주은 박미애 시인의 시조집 『나 그대 향해』가 내일을 향한 소망으로 오늘의 삶을 감당하는 모든 이들에게 반가운 동반자가 되기 바라며, 시대의 흐름을 타고 시기적절하게 우리의 손에 펼쳐지게 되어 축하드리고 또 축하드립니다.

2021. 5. 29.
라이프찌히 한인교회 목사
화개 권순태

축하의 글(3)

진심을 담은 찬양과 고백

코로나로 긴 우울의 여정이 아직도 지속되고 있는 요즈음, 세상의 예쁜 소망을 담은 박미애 시인의 세 번째 시조집 『나 그대 향해』의 출간을 진심으로 축하드립니다

이 세상 짧은 소풍의 여정에 주님의 미쁘심과 동행하심을 믿으며 오늘도 아름다운 시로 우리 주님을 찬양하고 있는 박미애 시인에게 주님의 무한하신 사랑과 평안이 함께 하시기를 기도드립니다

아름다운 주님의 찬양 시조로 묶인 시인의 절절한 사랑과 신앙 고백이 이 시집을 읽는 독자와 영원한 호흡을 같이하길 기대하며 우리가 살아가고 있는 이 세상의 여정에 크리스천으로서의 고백과 진심을 담은 사랑의 외침이 되기를 소망해봅니다. 믿지 않는 사람들에게는 복음이 열리는 기회가 되길 바라며 믿는 사람들에게는 내 신앙의 점검이 되는 돌다리가 되기를 기도해봅니다

박미애 시인의 진심 어린 찬양과 고백을 아름다운 시조집으로 엮어주신 도서출판 글벗의 무궁한 발전과 글 나눔의 행복이 영원하시기를 기원합니다

선교사 심성섭

차 례

제2부 작은 새의 고백

제3부 사랑의 동행

제4부 은혜의 향기

제5부 한없는 사랑

제6부 나의 가족 여섯 식구

제1부

화음을 만들며

나 그대 향해

태초에 나를 알고 지으신 그분 솜씨
잊고서 외면하고 살아온 그 시절에
무던히 나를 깨우며 기다리신 그대여

내 삶과 호흡 중에 늘 함께 동행 하며
행여나 떨어질까 손잡아 주시면서
기나긴 외나무다리 거리 좁혀 주시네

그대께 가고파서 오늘을 들쑤시며
여윈 밤 넘나드는 내 작은 갈망이여
그대는 오늘도 나를 가만 보고 계신다

먼 하늘 안개 기둥 뽀얗게 다가올 때
하늘 문 열어젖힌 작은 새의 날갯짓을
보듬어 고이 품어줄 그대 향해 가누나

내가 속한 길

요즘처럼 행복한 시간들이 잦게 오면
자칫 나 즐거움에 푹 빠져 삐끗할까
살짝궁 돌리다 보면 애먼 길로 쉬 갈까

편하고 좋은 세상 즐길 거리 너무 많고
갈라진 여러 길은 서로 오라 손짓하네
눈 곤해 걱정 없는 길 마음 곤해 쉬 가네

이고 지고 버린 길 무를 향해 달려갈 때
선한 맘 감싸 안는 그대 고운 두 팔에
온 마음 그 품에 안겨 거듭나는 인생길

다시 시작

시간이 여유 있게 다가와 손 내밀고
상념의 고리들은 느슨히 풀려온다
일탈의 환영에 갇힌 모순 투성 잡념들

잊었던 오선지를 꺼내놓고 옮기는
단음 표 낯선 꼬리 머리 색출 사냥터
휘젓고 울리는 세상 여음 들어 즐긴다

엇박자 빗나간 삶 흔적의 고뇌들은
인생의 가사로 재정비 음표되고
감동의 노래 시 글로 흥을 삼켜 떠돈다

직진

검은색 잡아당겨 흰색을 떼어 본다
흰색에 덕지 붙은 검은 먼지 수도 많아
검은색 두드러짐의 검은 조합 삼킨다

앙망하는 하얀 옷 빛 부신 자태 속에
검은색 갖춰 입고 흰 삶을 그려보는
오늘도 전진하는 삶 심기일전 하얀 나

상처의 중앙

과녁의 심장 향해 질주하는 화살은
부러진 허공을 휘어 감고 꿰뚫는다
내 아픈 허기의 중앙 당겨지는 활시위

정곡을 찔려버린 빗나간 상흔들은
상처로 에워싸인 검붉은 피의 울음
상한 맘 덧댄 갈망을 던지우는 그리움

회복

덧댄 갈망 체에 걸러 알알이 고른 후에
손 위에 남겨진 무색무취 이어 본다
흘러간 부실의 잔재 허기 되어 끊어진다

형체 없는 아픈 속내 원인 모를 자아는
아직도 숨죽이며 비포장을 이어가고
실려 간 허상 덩어리 반사되어 떨어진다

고뇌

밤의 적막 어둠이 환하게 떠오르고
틀 안에 찍어 낸 모양 같은 하루의 시
한숨의 비틀린 각은 허공 속을 헤맨다

숨겨진 보석들의 남루함을 빗대어
갈망하며 그려내는 내 아픈 자위들
염원의 그대 고운 시 솟구치는 고뇌여

피겨 스케이팅

물빛이 휘도는 얼음 위의 곡선들
춤을 추는 곡선 위의 멎고 서는 자태들
음악은 숨결 속에서 함께 울며 흐른다

흐드러진 꽃 한 송이 동그라미 맴돌며
웃으며 고뇌하며 리듬 맞춰 각이 서고
원 안의 진기 묘기는 호흡 속을 오간다

대한의 아름다운 연아의 동작 따라
긴 호흡 소리 쉬며 숨소리 멎을 적에
천지의 박수갈채가 한국인을 울린다

운무(雲霧)

자욱한 운무 속에 울고 있는 사슴아
하늘 맘 찢긴 설움 깊은 고독 감춤에
외로운
상한 비경만
가리어져 숨는다
첩첩산중 드리워진 애저림의 몸부림
해 오름 찬란해도 고개 숙인 사슴은
사방의
덫이 무서워
그저 벌벌 떠누나

화음을 만들며

톱니바퀴 굴러가는 맞춤의 형태 아닌
조화로운 어울림의 화음이 필요해
둥글게 엉켜서 도는 나를 깎는 노력을

다름이 분명한 나 섞인 공간들
돌출되고 모난 곳 깨어져야 섞이네
불거진 반죽 안에서 치대져야 부푸네

작은 효소 발효된 아름다운 속삭임
귀한 감동 어우러져 걸작품 탄생하고
그 또한 내 것이 아닌 화음 속의 은혜라

봄소식

봄 내음 가득 품은 겨울의 냇가는
하얀 외투 걸쳐 입고 움튼 손 기다린다
물안개 희뿌연 미소 등에 업고 노닌다

새싹이 돋아날 때 님 그리워 반기는
움츠렸던 기다림 하얗게 이 내밀고
만개할 아지랑이 꽃 가슴속에 피워낸다

어디쯤 오셨을까 눈먼 나의 님이여
빛 부신 찬란함을 기다리며 노닐다
헛디뎌 삐걱거리는 애가 타는 미명이여

하얀 미소

오랜만에 찾아온 가족들 얼굴에
한겨울 새하얀 고운 미소 띠고서
살포시 그리움 안고 반기시는 어머니

세상의 소망들 켜켜이 묻어 두고
옹골진 별 든 자리 1위 당첨하시고서
뭇별들 초롱한 가지 두 가슴에 안았네

보고픔 한 자락 그리움 열두 자락
겹으로 에워싸인 놓지 못한 사랑 아파
이국의 서러운 밤만 애 저리게 당겨본다

다른 시선

버스의 끝 방향을 등 돌려 되짚는 나
서로 다른 끝에서 바라보는 너와 나
엇각의 삶의 방향은 시선마저 나눈다

기댈 곳 없었던 외로웠던 나의 친구
저 멀리 떠나보낸 결별의 씀 잊지 못해
예각의 아픈 시선을 나에게서 거두었다

아픈 맘 보듬어 세월 묻힌 마음 실어
얼키설키 꼬인 자락 하나둘 펼쳐보니
둔각의 엉겨 붙는 정 후회 많은 눈물뿐

나비의 꿈

소리 없이 날아든 고운 널 바라보며
꽃이 아닌 마음으로 전해 보는 향기여
빈 뜨락 겨울의 정원 나풀대는 네 모습

답답한 세상의 굳게 닫힌 정원은
푸르름 간 곳 없고 빈 무덤 삭막한데
홀로이 게운 춤사위 독야청청 빛난다

오색 빛 감도는 아름다운 자태 묶어
흐른 듯 새겨진 곱디고운 무늬 담아
내 너를 가슴에 달고 열린 공간 날으리

코로나19 둥지

둥지 속 한 공간에 쏙 갇힌 여섯 식구
짹짹이 밥 달라고 온종일 입 벌리고
엄마 새 먹이 나르다 지쳐 우는 슬픈 날

무심한 하루해에 무해 탈 웃음 띨까
세월 담은 헛웃음에 상념을 실어볼까
내 생애 이런 부대낌 상상이나 했을까

연이은 확진자 수 격리 수용 턱없고
민족성 콧대 높은 속 들킨 이 나라
자존심 겨우 죽이고 마스크를 나누네

세상천지 공간 속 입막음에 서럽고
생업 전선 휘둘려 한숨이 하늘 닿고
끝 간 곳 보이지 않는 기네스북 일지들

그러거나 말거나 내 살림 겨운 엄마
둥지 속 짹짹이들 젖히고 벌린 입이
참으로 버겁고 설워 오색으로 막는다

한국인의 날

휘돌아 장단 치는 춤을 추는 우리 가락
어깨춤 덩실덩실 한국인의 잔치 마당
덩더쿵 신바람 나는 맵시 좋은 장단들

중모리, 자진모리, 휘모리의 장구춤은
신명 나는 우리나라 대한의 가락이라
산조의 허튼 가락에 가야금도 춤을 춘다

남사당패 꼭두쇠 풍물놀이 이끌을 때
머리 노란 구경꾼들 눈도 놀라 휘둥그레
천지를 뚫고 나오는 대한인의 놀음이라

동전 한 닢

어떤 이는 한 닢으로 하루를 때우고
어떤 이는 한 닢으로 한 끼를 채운다
그조차 못 갖은 이는 서러운 밤 지새운다

첸트룸 부쩍 늘은 걸인의 하루 일기
한 닢이 떨어지는 희비가 엇갈릴 때
무심한 생의 갈림길 한숨으로 휘돈다

한 닢 가득 주머니에 긍휼의 맘 담아서
거리 곳곳 발품 팔아 쥐어주는 사랑에
애절은 그대 마음이 서리서리 아프다

사랑

자꾸만 커져가는 연민의 색상들은
뒤섞여 제 색 잃은 불투명 얼룩이라
어느 것 분명치 않은 애매모호 궤변들

아가페, 아가파오, 필리아, 스트로게
광범한 세상 속의 무한한 술래잡기
정답을 비껴간 정답 사랑이라 부르네

소멸된 참사랑의 밑그림 옮겨 보다
빛바랜 탈색의 허 통증이 되어올 때
오색의 치솟는 선율 거침없는 애가(愛歌)라

위로(1)

하릴없는 감정싸움 빚 동냥 가득 되어
후퇴만을 전전하는 맥없는 몸부림
그대는 찬찬히 보는 고요 속의 주인공

빛 되신 그대 연가 가슴을 차고 올라
선명히 떠오르는 눈부심 부풀 적에
해 닮은 내 임 미소가 미련통이 어우른다

차지 못한 달

사랑하지 못하고 아픔만 가득 차서
열린 맘 외면하는 영혼 없는 빈 가지
곤고한 울림의 건반 슬픈 고뇌 차오른다

삭막한 한겨울의 아우성을 빗대어
한숨 사발 들이키는 얼굴 없는 애잔함
공허한 슬픈 속삭임 공존하며 나부낀다

스산함 차고 올라 바람 한 결 아우를 때
훈풍에 실어 오는 따뜻한 그대 미소
휩쓸린 긍휼의 자락 모래성의 최후여

내 사랑

백송이 장미보다 네 눈빛을 사랑해
넓고 고른 네 마음을 처음부터 찜했지
너에게 향하는 마음 물빛 같은 투명함

백날을 친구 하며 눈여겨본 마음 밭
애달픈 저울질이 부끄러워 숨을 때
눈 서리 성큼 다가와 냉동이 된 두 마음

하릴없는 자존심이 동냥으로 묶이고
꿈꾸듯 홀린 가슴 애 저리게 열릴 때
한 송이 크고 고운 꽃 사랑으로 맺혔네

널 위해 드리는 참사랑의 주님 소망
해 걸어 물빛 들면 형형색색 다가드는
백 번을 곱씹는 사랑 변치 않은 내 사랑

그대 향해

칠흑의 밤 속에서 노래하는 작은 새
둥지 안 외로움이 가득 고여 울고 있나
눈물의 아침을 여는 고즈넉한 몸부림

환하게 동터오는 여명의 찬란함을
작은 부리 쪼아대며 애 저리게 밟고서
빛 닮은 날갯짓으로 그대의 품 좇누나

제2부

작은 새의 고백

시인

시인이 울고 있다 절절한 사연 담아
크고 작은 울림을 가득 먹고 휘청인다
뚝 떼인 마음 한 자락 아파하며 휘돈다

시인은 웃고 있다 아름다운 향에 취해
알록달록 고운 자락 바람 한 결 흥에 겨워
훅 꺼진 불씨를 살려 화려하게 춤춘다

노크 소리

늘 나를 향해 오는 그대의 고운 시선
내 안에 그분은 사랑의 향기이다
거룩한 임재의 향기 하지만 나 외면한다

세상의 헛된 소망 달콤한 유혹 앞에
검은 눈앞이 가려 차마 못 본 아픈 사랑
그대의 슬픈 짝사랑 하지만 나 등 돌린다

모른 척 나 잘난 척 부인하며 살아올 때
변함없이 두드리는 깊은 곳 노크 소리
아닌 척 애써 돌려도 하지만 나 알고 있다

작은 새의 고백

세상의 품을 좇아 종종대지 않았나
그저 살이 하루에 연연하지 않았나
하루를 마치며 우는 작은 새의 고백들

허접한 종종거림 지혜 어린 용기로
도사리는 유혹의 강 질끈 이 외면하고
그대와 호흡하는 삶 오늘 하루 살았나

생명의 말씀을 가슴에 가득 품고
세심한 그대 음성 귀 기울여 손 벗 삼아
아프고 곤한 세상에 한줄기 빛 비추었나

입맞춤 성공한 기대했던 하루의 끝
곤한 몸 쉬어가라 고요히 품으시는
주님의 그 품이 좋아 녹아드는 작은 새

노아의 방주

주님의 그 한탄이 들려오네 소리 없이
주룩주룩 내리는 비 눈물처럼 느껴지네
한 사람 택함 받은 자 곤한 사명 감당하네

얼마나 무릎 꿇고 기도하며 울었을까
긴 긴 세월 순종하며 힘겨웠을 생의 사투
한 사람 순종의 언약 무지개를 띄우네

가인

진동이 거세진 미운 마음 곤하다
아벨의 제사를 시기하는 가인처럼
알알이 고르지 못한 살인의 기 슬퍼라

열납 안 된 제사의 봉오리 째 베어진
검붉은 피의 울음 땅의 기를 살릴 적에
죄 많은 미움의 속성 아우를 길 없어라

머루 각시

깊은 산 산머루는 귀동냥만 전해 듣고
포도인가 싶어서 여름내 기다리니
알 작은 머루 낭자가 주렁주렁 달렸네

도련님 꿈에 본 듯 하늘하늘 부끄러워
살포시 맺힌 송이 탐지게 익어가고
어머나 그새 안 본 틈 머루 각시 되었네

슬픈 기일

어느덧 다가온 두 번째 슬픈 기일
덩그마니 헤어진 가슴 하나 조여 온다
아무리 크게 불러도 어느 한 곳 없는 그대

시간이 치유하는 애달픈 정 떼임은
시시각각 다가드는 선홍빛 추억 여행
곱씹는 아픈 눈물만 영정 앞을 흐린다

말 못 한 후회 실어 그리운 얼굴 뵈며
하지 못한 그 한마디 울음으로 삭힐 적에
잠잠이 와 계시는 분 내 한 분의 어머니

멍든 가슴 자국 아린 기억 아파올 때
환한 빛 웃음으로 매만지는 모정이여
어머니 좋은 곳에서 부디 행복하옵소서

미성숙

겨울의 찬바람이 매서운 어느 한 날
노기 띤 할아버지 서슬 퍼런 고함에
민망한 외국 아낙네 상처받고 놀랐네

버릇없는 젊은이 노인 공경 없는 세상
추레한 늙은이도 인정 없긴 매한가지
오만한 게르만 민족 허점 투성 인성들

코로나가 가져온 또 하나의 모순들
개인주의 팽배한 상호작용 간 곳 없고
유럽형 허울만 좋은 선진국형 비대면

속절없는 세상의 무리한 풍경 실어
허한 마음 달래려 고개 들어 하늘 보니
아가야 고픈 아가만 징징대는 세상이라

단심가

추억을 점철하는 아린 눈물 내리는 길
설화는 백설로 꿈을 꾸고 이내 진다
한 세상 사는 이치가 애처롭고 곤하다

백의 벌판 꿈을 꾸며 내달리는 하여가
소리 없는 외나무 부동의 답 고할 적에
앙상한 가지들 엮여 애처롭게 트인 길

U턴

돌아와 아니 간만 못하는 상념의 길
직진을 해야 하는 우리네 인생길은
곳곳이 헤매고 도는 구부러진 유턴 길

재 없는 서러움에 갈 방향 미적거려
휘돌다 가는 상념 좇지 마 뒤로 돌려
사는 길 마음 칠하며 U로 도는 망각아

겨울

헐벗은 계절이 유유히 흘러가는
고즈넉한 한때를 가슴에 담아본다
노을이 강가 언덕에 다소곳이 벗 삼는다

가버린 시간은 그리움을 남기고
앞서간 내 임은 겨울 자락 흩날리네
차가운 물 밑 언덕에 아쉬움이 걸린다

하얀 날 소리 없는 풍경들 춤을 추고
미쁘신 그대 미소 내 마음에 감길 적에
겨울의 아린 속살이 새하얗게 길을 낸다

반홉

수많은 인생길 교차하는 *반홉 풍경
내리면 떠나고 기다리면 다시 온다
사연들 가득 싣고서 꿈을 실어 나른다

엉겅퀴 사연 담은 갖가지 희로애락
목적 다른 방향은 종종걸음 재촉하고
갈 방향 사연을 담아 귀한 손님 맞는다

레일 위 기적 소리 하얀 눈 동무하며
그리움 정차되는 벌게진 설원의 시
직진의 이정표 향한 희망들이 설렌다

* 반홉(Bahnhof) – 기차역

유리 반지

기념일에 반지 선물 여자의 행복이야
말 수 없는 키 큰 남자 오늘도 귀가 없다
20주년 결혼기념일 툴툴대던 내 모습

예열되는 서운함 드글드글 삼십구도
네 아이를 다 태우고 어디론가 실려 가니
아들놈 찡긋거리며 제 아빠랑 입 맞추네

형형색색 고운 반지 방긋 웃는 고운 한때
밀려오는 벅찬 소망 오십 먹은 아낙이여
금은동 아니면 어때 유리 반지 곱빼기여

미련퉁이

한코 한코 나를 위해 엄마가 지새운 밤
귀한 줄도 모르고 투정만 부렸는데
지천명 반생이 지나 되돌아간 엄마 사랑

오십견 불면증 밤의 적막 서러워서
한코 한코 엄마 위해 벗 삼은 코바늘아
아서라 손목 상한다. 사고 말아 미련 퉁아

비밀 연애(1)

사는 모습 다 달라서 내 것은 아니지만
작은 마음 위로되어 한 가슴이 되는 삶
사랑은 나눔의 이치 불어나는 크기들

곤한 맘 잠시 쉬어 품을 찾아 날아들고
한숨은 간 곳 없이 공감의 꽃 활짝 핀다
사랑은 무한의 온기 희석되는 아픔들

보듬고 공유하며 함께 울고 나눈다
헤어진 마음 하나 다시 굳게 일어설 때
설레는 그대의 언어 비밀 연애 새롭다

비밀 연애(2)

연민의 마음들이 자꾸만 쏠려가는
과녁 속 한가운데 애인이 서 있다
붉어진 설움 한편에 한 송이 꽃 피었다

곤한 맘 눈을 들어 애틋함 흘려내니
사랑의 묘약 담아 눈 맞추는 시간들
말씀이 곱절이 되어 폭포처럼 흐른다

개인 레슨

울림통이 너무 커 쫓겨날까 무서워
오늘도 내몰린 우물 가진 닮은 부녀
주차장 텅 빈 모습에 환호성을 울리네

쩌렁쩌렁 울리는 붕어빵 닮은 목청
작은 무대 열린 공연 산울림 퍼질 적에
딸 사랑 음표를 타는 관중 없는 개인 레슨

빨래

따사로운 겨울 볕이 모처럼 드는 날
꾸덕해진 사연 털어 웅크림을 돌린다
한 자락 부신 햇살이 미소 지어 반긴다

키 잘린 겨울 해가 잠시 잠깐 노니다가
무심한 아쉬움을 보듬어 사라지고
건조기 더운 입김만 어우르는 자장가

가락지

민무늬 은반지로 시작했던 고운 인연
볼품없이 닳고 닳아 세월에 묻힐 즈음
누우런 금반지 한 쌍 꿈을 포개 얹어졌네

세월 공기 실려 간 덧없는 병상 위에
벗을 삼은 땅 자락만 긁어대던 거친 손
무심히 한 쌍의 꿈을 위로 삼아 친구 하네

너 이놈 갖다 써라 실랑이가 지겨워서
꾀쓰고 얻어 낸 며느리의 일장춘몽
촌스런 누런 거 옆에 세련된 놈 방긋 웃네

가고 없는 빈자리 그리워 우는 날엔
금반지 한 쌍과 세련된 놈 함께 앉아
애달피 비워진 사랑 꿈을 타고 넘어가네

그대와

무엇을 그려야 그대가 웃으실까
사방이 꽉 막힌 미로 속을 걸었지만
웃으며 꿈꿀 수 있어 행복하고 좋아요

살아온 짧은 날이 하룻밤 꿈같지만
지나온 시간들은 어느 한 날 작지 않아
마지막 고운 꿈들을 감사하며 펼쳐요

내 인생의 주인공 그릴 분도 그대시니
오색의 물감 풀어 고해 보는 나의 눈
찬란한 그대의 세상 일치되는 시선들

작품

일일이 수 작업한 경이로운 손재주
하나하나 갈고 닦은 발효된 한숨 씨앗
집념의 무한 외고집 탄복 어린 정성들

불굴의 혼을 담아 고된 사색 배열하고
수작으로 점철된 관을 올린 명품전
수만의 오색찬란한 인생을 건 명작들

탄복과 추앙과 시기 질투 한 데 섞어
피땀으로 과열하는 과속의 맹추격전
덧없는 과욕의 꽃들 승화하는 열매들

위로(2)

쇠약해짐 애처로워 쓰다듬는 긴긴밤
화려했던 옛 시절은 간곳없이 사라지고
스산한 겨울바람만 빈 가슴을 희롱한다

아픈 맘 보듬어 줄 내 하나의 사랑이여
곤한 설움 꾹꾹 쟁여 구름 꽃 만들 적에
환하게 빛으로 오신 그대 미소 잔잔하다

제3부

사랑의 동행

초연

그리움 뚝 떼어 햇살 걸어 던져 놓고
아픔은 뚝 끊어 세월 품에 가둬 두고
사랑만 듬뿍 안고서 희망 속을 노닐자

한 세상 사는 이치 엉금엉금 걸어와서
툭 터진 열린 마음 동무하자 달려들면
오호라 무릎 쳐지는 웃픈 고개 넘어간다

아들 걱정

다 큰 줄 알았더니 아직도 아기였어
수화기 저편에서 훌쩍 소리 들려온다
화들짝 심장 한쪽이 철렁하고 춤을 춘다

들쑥날쑥 엉겨 붙는 형용 못 할 엄마 마음
온종일 기운 없어 배회하는 탄식의 꽃
다 커도 어린 아기는 한숨 되어 떨어진다

크고 작은 염려들 외로움 바뀐 환경
곤고한 나락의 강 울음 삼켜 건널 적에
엄마야 그 한마디에 터져버린 아들 울음

꽃의 연가

그대는 내 마음속 피어나는 그리움
하늘 뽀얀 고운 손을 살포시 포개 놓고
그리워
얼굴 내미는
밀고 당긴 사랑 꽃

향기에 자꾸 설레 수줍음 감추오고
해 방긋 웃는 얼굴 첫눈에 아롱지네
몇 날을
가슴 설레며
행여 질까 졸이네

환한 임 고운 미소 애달아 품고 싶어
감춘 어린 속내 까맣게 재가 될 때
입 맞춘
그대 가슴속
사랑 꽃술 춤춘다

달의 연가

그대는 내 마음속 가득 찬 둥근달
터질 듯 부풀어 아스라이 멀어지는
가진 듯 잡지 못하는 애가 타는 그리움

환한 그대 둥근 얼굴 가질 수 없음인가
속절없이 구걸하다 접어지는 아픈 사랑
어느새 반쪽이 되어 한마음이 나뉘네

사랑은 간 곳 없고 한숨만 홀로 남아
헤지고 파여 버린 여윈 속살 아파올 때
빛 되신 그대의 언약 차오르는 달의 연가

별의 연가

그대는 내 마음속 총총한 희망 사항
꺼질 듯 환한 세상 그대의 눈 빛나네
저 멀리 까마득한 곳 나를 오라 부르네

먼 하늘 닿지 않는 그대 고운 눈동자
고독한 그리움에 지쳐 있는 어린 새가
빛나는 눈 맞춤하러 날개 세워 깃드네

내 하나 부신 사랑 알고도 주저하는
기운 없는 쇠잔함을 애처롭게 바라보는
까만 밤 보석의 눈이 영롱하게 빛나네

해의 연가

그대는 내 마음 속 하나의 태양이라
님 향한 일편단심 변함없는 사랑이라
단 하나 그대의 얼굴 온 세상을 비추네

거칠고 키가 높은 광야 같은 세상에서
심상한 마음 둘 곳 헤매며 도는 세상
무뎌진 한숨 한복판 웃고 계신 그대여

곤고함 사무쳐서 우러른 상념의 끝
허무한 나락의 강 사위 돌며 펼쳐질 때
해 오른 그대 사랑에 목 축이고 건넌다

역지사지

내 눈의 들보를 봐 똑바로 쳐다보렴
보이는 한심함이 바로 나이었음을
엇나간 상한 마음은 남의 티가 아니네

무엇을 어떻게 왜 바꿔야 함인지를
똑바로 볼 수 없는 나의 별 흔적이여
떨어진 기름 한 방울 눈물 보태 사르네

사랑의 동행

나에게 힘을 주는 그대는 천사여라
두 무릎 함께 꿇는 그대는 친구여라
상한 맘 위로를 주는 그대 고운 사람아

힘겨운 인생길에 참사랑 동무하고
저버린 웃음꽃은 희망을 노래한다
한 세상 아픈 시련이 방향 바꿔 접힌다

한마디 위로의 말 천 냥 빚 사랑담아
열 배로 열매 맺고 백배의 싹이 트는
만유의 미쁘신 사랑 저버림이 없어라

기도

허한 마음 쌩하니 느껴지는 널 보며
위로의 하나님 그대 마음 만져주길
참 평안 느끼며 우는 네가 되길 기도해

사연 많은 사람들이 굴곡진 인생길을
안으며 질 수 없는 곤고함을 담아서
통곡의 푸념 자락을 일기처럼 기도해

떠안아 가슴으로 울어주는 함께함을
너 몰래 하고 우는 속절없이 아픈 시간
참사랑 미쁘신 그대 너도 알길 기도해

조화

향기는 없다지만 모양은 그럴듯해
화사함 그대로인 봄꽃의 감흥이여
화장대 심술 화병에 예쁜 얼굴 옮기네

시종일관 설레는 거짓 향기 고와서
미소 번진 봄의 향연 여린 맘 불러오고
남편의 알레르기 철 대신하는 꽃 파티

싫증 난 꽃의 자태 먼지 툴툴 쌓여 가면
말갛게 목욕시켜 서랍 속에 잠재우고
철 따라 얼굴 바꿔서 안녕 하는 꽃 손님

별이 될 아이

아픔이 가득 찬 아이의 슬픈 눈물
앙다문 작은 마음 빗장 걸어 채우고
사방의 혼란한 시선 버둥대는 애잔함

따뜻한 말 한마디 눈빛을 교환하며
꼭 안아 다독이며 기도하며 울었네
여리고 아픈 작은 새 몸 떨리듯 안겨오네

세상 죄 대속하신 그대의 맘 달려와
세상이 건넨 상처 감싸고 보듬어라
결국엔 빛이 되고 말 희망 찬가 별 아기

힘든 그대

뭔가에 힘든 그대 마음 열고 들어 봐요
사방이 꽉 막혀 미로 속 헤매지만
눈 들어 그대 보는 이 도움 주길 원해요

보이지 않는 것을 붙잡을 수 없음은
보이는 상처 꺼내 던지라는 신호예요
그분은 오늘도 그대 일어나길 원해요

내 자아 묶어두고 꽁꽁 갇힌 수렁 속을
힘차게 팔 벌리고 얼른 뛰쳐나오세요
십자가 대속하신 이 손 잡으라 원해요

그대께서

채워도 비워지는 세상의 흐름일랑
한줄기 비에 섞여 흐르는 고갈의 물
목마른 갈증을 향한 내 마음의 정화수

지나온 추억들은 외로움의 명장면
혼자서 기다리던 간 곳 없던 처연함
빛 부신 그대를 향한 비어버린 그리움

펜벗

상념의 들쭉날쭉 기억을 둘 곳 몰라
마음 적셔 옮겨보는 그리운 그대에게
연필로 쓰고 지우는 추억 깎기 소환 중

새하얀 종이 위에 한 자 한 자 마음 실어
사라질 환영 얹힌 그리움 복사한다
지우개 지우고 덮인 옛 추억의 소환들

임이여

통증이 저려온다 숙성된 인자의 삶
끝 간 곳 뻔히 알고 묵묵히 지신 그대
소야곡 저무는 언덕 그대 걸어 오신다

끝없는 몸부림의 진통을 외면하는
빛 부신 붉은 원액 처절한 순종이여
그대는 하나의 사랑 세상 죄를 이겼다

그대의 사랑은

힘겨운 이웃 사랑 내 일이 아님에도
내 아픔 곁들여서 바쁜 걸음 종종이면
가식이 없는 그 사랑 나를 향해 온다네

버릇도 아니 되고 순전함 못 미쳐도
벗 삼는 작은 위로 주님의 통로 되어
고운 뜻 선을 이루어 큰 사랑을 만드네

내 안위 장막 삼아 은신의 늪 빠질 때면
허우적 버둥대는 그대 슬픔 나 몰라라
참이신 그대는 나를 자꾸 보라 하신다

두 번째 이별

또다시 보내야 해 슬픈 낯 감추는 삶
답 없는 인연의 끈 모자간 설운 아침
다 커도 자식인가 봐 텅 빈 마음 붙드네

코로나 덕에 겨워 석 달을 함께 하고
처음에 떼 내인 정 반색해 옮겨붙어
늘어진 엿 자락처럼 꼬리 잇는 애잔함

기운 내 다시 시작 힘차게 파이팅 해
이십 년 부모의 품 애절한 꿈을 엮어
요게벳 저린 사랑을 새삼 느껴 보아요

* 요게벳 – 성경에 등장하는 모세의 어머니로 애굽 왕 바로가
남자 아이나 여자 아이나 태어난 아기를 모두 죽이
라고 명하자 석 달을 몰래 키우다 더는 할 수 없어
아기 모세를 상자에 담아 바다 위에 띄워 보낸다

사람 낚는 어부

심장이 입을 여는 눈물이 떨어지고
화들짝 열린 눈은 상황이 파악 안 돼
멀티 줌 화면의 세상 화염 속을 거닌다

마음을 닫아 묶고 등짐을 몸에 걸고
곤한 숨 토해내는 고갯길 서러워라
아무도 맞는 이 없는 외로움의 사경길

보고도 볼 줄 몰라 애타는 소란이여
내 속의 아닌 자아 갈 길 몰라 헤맬 때
힘겨운 호흡의 변칙 그대 오라 하신다

그대 사랑

서러운 밤 지나가고 광명의 새 아침에
미쁘신 그대 얼굴 애잔한 풍경 마냥
먼발치 깎이고 서려 다시 돋는 갈망들

내 하나 사랑 없어 빛 고운 품 안에서
푸르른 너른 벌판 뛰노는 한 마리 양
목자는 묵묵히 지켜 어린양을 감싸네

뛰놀다 음매 울다 젖 달라 애원하는
목마른 새끼 양의 순전한 눈빛 축여
가는 길 인도하시는 그대 사랑 좋아라

원더 파워

늘그막 꼬리 달린 내 별명 원더 파워
처음엔 기가 막혀 웃고서 말았는데
실시간 단톡방 실검 1위 종종 차지네

어느 날 가만 보니 원더 파워 맞는구나
과기대 어떤 박사 논문 읽어 풀이하니
한 사람 한계 기준치 활동 열량 초과네

게다가 그뿐이랴 뇌 활동량 두 배 초과
살면서 정답 없는 불가사의 소모전은
임께서 내게 베푸신 초과 열량 밑이네

간구

왜 슬플까 차라리 묻지나 말 것이지
내 마음 나도 몰라 늘어진 나락의 끝
돌이킨 재생의 치료 한잔 차를 넘긴다

외로움 이력이 난 허기진 그대 안에
깊은 곳 감추는 눈 베어진 상처들은
아프게 소용돌이쳐 빈 가슴을 휘도네

내 하나의 사랑께 간구하여 올림은
그대 위해 드리는 한 떨기 꽃이어라
곤한 밤 두 무릎 위에 실려 앉은 크신 손

4월의 기억

혼자서 어화둥둥 비행기 타고 가서
봄 타고 상도 타서 기분 썩 내키던 날
잊었던 옛 스승님을 찾아뵈러 갔었네

십 년의 세월 지나 옛 기억 간 곳 없고
추레이 변해있던 애잔한 스승님께
맛난 밥 대접하면서 권면하던 그 날은

스승과 제자 바뀌 인생을 상담하며
무던히 솟구치던 긍휼의 마음 올라
오는 길 발걸음 맺혀 한숨 달려 헤맸네

잔 소망 가득 담긴 유품을 바라보며
허무한 애쓴 흔적 지워진 박사 교수
흥건히 고인 아픔만 경계선을 휘돈다

제4부

은혜의 향기

제 탓

주께서 물으시면 나는 할 말 없어요
고개 숙인 학생 한 명 제출하는 반성문
나에게 책임 물으면 더 할 말이 없네요

그저 숙인 고개로 아픈 얼굴 떠오르고
확신이 없는 상태 어디로 갔음인지
임 향한 간절한 갈망 나는 몰라 우네요

한 번 더 권면할 걸 뼈저린 후회만이
가고 없는 빈자리 대신해 끓어오고
지옥행 내 탓만 같아 그대 볼 수 없어요

오 수여 울고 계신 그대의 맘 다가와요
한 영혼 갈망하는 그대의 원 느껴져요
끊어진 하얀 천지가 눈물 검게 서려요

만남

평화로운 아침에 허한 맘 일어오네
무엇을 가져야만 흡족한 하루 될까
불현듯 마음 번쩍해 일급 욕심 밀려와

세상을 초월했다 가르는 무의 연민
앙망한 그대 모습 아프게 밀려올 때
나 그대 어찌 만날까 무릎 꿇고 기도해

설렘

봄꽃들 속삭이는 어여쁨 한가운데
부활절 꼬꼬 닭도 알 자랑 한창일세
꽃 지고 한 철 바라기 양자 삼은 메추리

새빨간 벼슬 아기 초록 잎 미팅 장소
노란 꽃 예쁜 애인 못 마땅 삐짐인가
새초롬 움켜 돌아선 봄의 향연 사랑가

초록은 싱그러워 자꾸만 들이밀고
새침한 봄 아씨는 마음만 알록달록
아롱진 임 고운 소식 내 임 맞는 설렘아

쓰고 지우며

부활절 그대 사랑 버겁고 힘에 겨워
작정해 옮긴 삼일 실패로 돌아갔네
곤고한 내 마음속에 그대 다시 오셨네

입으로 시인하고 행동은 방황하니
미쁘신 두 손으로 직접 옮겨 쓰신 계획
이제야 그 뜻 헤아려 소리 없이 울어보네

바늘귀 통과 못한 낙타의 거뭇 머리
하염없이 울고 웃는 탄식의 큰 배만이
가만히 나를 태우는 소리 없는 자장가

동행(1)

봄꽃은 지천으로 흐드러져 피었건만
움직임 멈춘 도시 인기척 하나 없네
이곳이 첸트룸 맞나 적지않이 놀라네

숨죽인 낮의 적막 고요함 짝이 없고
애달픈 봄의 동산 벗 삼을 이 없구나
세상이 이리 바뀔 줄 상상이나 했을까

혼자서 기도하며 내 마음 한 겹 포개
머리 둘 곳 없으신 이 그대 맘 느껴보네
땀방울 핏방울 되신 내 하나의 사랑아

부신 해 살짝 걷이 그대 맘에 옮겨볼까
아픈 맘 상한 머리 빛 부심 반사되어
고통의 험한 가시관 아픔 잠깐 덜어보리

존귀한 그대 사랑 은혜의 대속이여
부활의 기쁜 자국 눈물로 덮을 때
미쁘신 새날의 언약 승리하신 그대여

사랑을 뜨며

때아닌 고운 실들 한참 못 봐 반갑구나
꽃 뜨고 해도 뜨고 별 달아 엮어보며
고운 님 얼굴 생각에 마음 손이 춤춘다

사순절 함께 보낸 오색 빛깔 벗님들
한 코씩 엮어지는 색 짙은 붉은 사랑
아픈 임 눈물을 담아 손끝 동행 이룬다

기도의 실을 엮어 심령을 배색하며
오색 실 수놓아진 나의 맘 펼친 무늬
예쁜 임 하늘 너머로 사랑 옮겨 보낸다

새날

믿음의 본이 돼야 사랑을 실천하지
모양만 종종 바빠 그 마음 엇나가고
사순절 고뇌만 늘려 잡다함과 싸웠네

님 향한 율법만을 오롯이 몸에 담고
마음은 갈 곳 몰라 애달아 방황할 때
살포시 방향 바꾸는 그대의 손 미뻐라

아직도 어린 나는 그저 담는 사랑만을
무시로 쓸고 모아 자루만 늘려가니
야곱의 버거운 씨름 힘에 부쳐 아팠네

님 주신 언약 위에 은방울 떨어지고
눈 들어 하늘 보니 부신 햇살 웃고 있다
다시금 올려다보는 그 미소가 고와라

심령

참으로 알 수 없는 요지경 변덕 날씨
봄 아씨 흐드러져 향 짙게 흩날리던
춘 4월 아지랑이 속 따사롭던 입맞춤

흰 눈이 펄펄 쌓여 사방이 꽁꽁 어는
한겨울 하얀 풍경 동장군 기침 소리
짓다 만 나무 위 둥지 애처로운 떨림들

37도 미열 달고 곤한 몸 일으키니
어느새 다가드는 씁쓸한 내리사랑
울 아들 밥이나 먹나 느닷없는 모성애

한 날의 한 탬포의 변화무쌍 삶 자욱들
날씨의 변덕만큼 곤고함 돌고 돌아
엄마의 이름을 달고 아버지를 부른다

양귀비

선홍빛 아름다운 나비가 나풀대네
여리한 뇌쇄 미소 보는 이 마음 훔쳐
심쿵한 설렘을 가득 반해 버린 첫사랑

보고도 잊지 못해 홀려버린 내 심장
몽환의 붉은 입술 조각나 어지럽고
봄 향기 알싸한 유혹 꿈이런가 하노라

커피 한 잔

눈 들어 하늘 보니 오늘이 중간쯤에
무심한 초침 소리 무시로 돌고 돌아
찬바람 한 줄 끼워서 하루해를 엮는다

달콤한 시간 나눔 무언의 포상인가
쓰디씀 한 모금을 목젖 위로 축여보며
핼쑥함 한가운 데로 호호 부는 진한 향

까만 빛 헤이즐럿 미끈한 향에 취해
마스크 벗어 놓고 미소 당겨 부르는
한시름 걸쭉이 섞는 작은 깃발 휴게소

어머니

해 닮고 달도 닮고 별꽃 함께 계신 이
계실 때 못 느끼고 이제야 죄인 되어
허공 속 잠기는 눈물 한이 되어 흐르네

해 뜰 땐 미소 띠고 달 뜰 땐 그리움에
별에게 주소 물어 꽃 본 듯 너울대는
주야로 보고픔 짙어 불러보는 어머니

파릇한 산 소망을 육신에 가둬 놓고
한숨의 깊은 나락 쓰디쓴 잿빛 옮아
그렇게 마지막 설운 혈육의 정 떼셨네

무적의 거친 삶은 안위의 마지막 끈
산 소망 그대 길이 사모곡 다리 되어
되짚는 사랑의 언약 영 육의 정 이으리

립스틱

엄마의 립스틱을 살짝궁 바르고선
막연히 꿈을 꾸던 어릴 적 꼬마 공주
핑크빛 로맨스 처음 입술 위에 옮겼네

수줍은 첫사랑은 은은한 살구 꽃잎
다홍빛 고운 설렘 순풍에 실려 오고
색 짙은 진달래 아씨 화사함도 발랐네

빛바랜 세월 따라 점점 더 짙어지는
여인의 화룡점정 앵둣빛 입술 사랑
봄바람 향기 가득한 여인네의 자존심

과실

무작정 예쁜 그대 한눈에 콕 찜해서
제일로 탐진 당신 한 손에 들고 오네
한입에 자르르 흐른 달콤 과육 사랑해

꽃피고 열매 맺고 상큼이 미소 짓는
내 사랑 고운 그대 시큼한 입맞춤이
첫눈에 반해 버리는 새콤 느낌 짜릿해

속살이 드러나면 더욱더 보드랍고
탱탱한 계절품은 달보듬 핑크 사연
동산의 미쁜 과실은 오늘도 날 유혹해

모정

주고도 애가 타서 주머니 뒤져 보는
헛손질 내리 물린 그 사랑 그리워서
텅 빈 밤 캄캄함 속에 내 울음을 숨긴다

울 엄니 모아 놓은 장롱 속 접힌 돈은
안 쓰고 꿰매어진 애달픈 자식 사랑
주고도 마음 훈훈해 또 모은다 하시네

불러도 대답 없는 목메어 아플 적에
후회 단 심장 한쪽 떨어져 조여 오고
삼키는 고통이 저려 이 슬픔도 주고파

변덕

겨울이 방문하고 서둘러 떠나가니
한기만 감돌아서 냉가슴 불 지피네
화들짝 급하게 올라 이내 다시 꺼지네

하얀 눈 서리 내려 앙가슴 몰아치고
곤한 꽃 나이테는 추레함 늘려가니
노여움 서슬 퍼렇게 비좁음만 불린다

애꿎은 불똥 튀어 겹 사리 타오르고
민망한 자존심은 일각에 무너지니
지천명 쌓고 허무는 변덕의 탑 슬퍼라

꽃신

하얗게 흩날리는 눈 그림 모아 담고
녹아서 없어지는 그리움을 안고서
남편과 둘이서 나가 마냥 도는 헛걸음

살 것도 별로 없는 구매자 텅 빈 공간
테스트 선별 거쳐 왕인 듯 들어오니
썰렁한 세일 전표만 물결치듯 반긴다

무심한 딴청 거둬 눈길을 돌린 찰나
예쁘게 숨어있던 꽃신 두 짝 방긋 웃고
심쿵이 마음 빼앗긴 여인네의 환호성

한 마음 이구동성 "이쁘네" 하는 남편
득템한 배부름에 미소 가득 나와 보니
하늘 눈 소복이 쌓여 신지 마라 말린다

상실의 시대

사람 간 거리 늘려 교재를 중단하고
인정은 메말라서 개인주의 팽배하고
오로지 내 속에 갇혀 불어 가는 자아들

전쟁과 기근에도 바라봄 있었거늘
등 돌린 냉정함에 싸늘한 마음 추워
하늘을 바라다보며 허한 냉기 사른다

역병의 둥근 창궐 거두는 손길 따라
내 마음 앙망하며 그대를 좇으리니
깨어진 방향을 찾아 갈구하는 눈 맞춤

꿈풀이

비틀린 밤의 여백 불청객 찾아온다
현실의 세계 다른 해괴한 낯선 기운
놀람을 진정시키자 다가드는 사념들

영혼의 무분별한 무차별 여행일까
자는 이 옭아매어 사방을 경험하고
때로는 옥죄는 공포 서슬 퍼런 공격들

빛 부신 그대 품이 너무나 그리워서
꿈속을 헤매 돌다 고이 안겨 우노니
햇살을 살포시 떼어 어우르는 위로여

자목련 애가

안방에 화려하게 연중무휴 웃고 있는
그대의 고운 얼굴 새색시 볼 같아라
들뜬 듯 부끄러운 듯 설렘의 향 풍기네

나무에 피는 연꽃 우아한 신부 닮아
봄날의 반주 맞춰 어여쁨 숭고하니
만인의 연인이 되어 고결함을 벗 삼네

새하얀 목련꽃이 사랑에 빠짐인가
붉은빛 머금으며 얼굴을 붉힐 적에
이민 간 마그놀리에 변함없는 자태라

* Magnolie - 자목련

은혜의 향기

오십 년 꿈 날 같은 인생의 페이지를
한 장씩 넘겨보다 웃어보는 오전 한때
행복은 사랑을 타고 마음 안에 걸렸다

결혼과 터전 바뀐 동포의 삶 가운데
한시도 그대 눈길 날 외면하지 않고
미쁘고 크신 사랑만 겹겹들이 살피네

네 아이 엄마 되어 늘 항상 웃어봄은
내 삶에 동행하는 그대의 은혜여라
색 바랜 사진첩처럼 한낱 꿈일 인생길

고운 손 놓지 않고 앙망의 그 길 향해
오늘도 감사함을 변함없이 약속하고
짙어진 사랑의 향기 온 마음을 덮는다

유채의 향연

마음이 울적할 땐 노란색 꿈 밭에서
찌릿한 향에 취해 노란 춤 옮겨보자
내 임의 특별한 주문 작은 십자 봄 아씨

지중해 고향 삼아 유럽의 지천으로
유난히 고운 자태 온몸을 내어주니
쾌활한 봄 처녀 사랑 들뜬 듯이 정겹다

귀여운 노란 미소 흥겨움 던져주고
어린잎 줄기마저 미각을 잠 깨우니
애정을 가득 담아서 사랑 눈길 보낸다

기름을 얻으려고 씨에서 짜낸 눈물
널따란 가슴 가득 고이는 카놀라유
봄 안개 색 곱게 퍼진 들뜬 사랑 흥겨워

라일락

네 향기 그윽해서 온 마음 빼앗기고
아롱이 취해버린 봄꽃의 마법이여
그리운 한 시절 향해 고운 추억 더듬네

유럽의 정원에선 무조건 볼 수 있고
액운을 막아주어 벽사라 칭하는 꽃
향 짙은 고운 액땜에 철벽 사랑받는다

하얀 너 분홍 그대 뇌섹의 보라 낭자
소중한 사람에게 우정을 전하면서
마음속 진한 향기를 수줍게 하 머금네

제5부

한없는 사랑

서글픈 항변

이웃집 할머니의 서글픈 황혼에는
겹겹이 흘러버린 눈물이 고여있다
머리도 둘 곳 없으신 인자의 맘 녹아있다

한 세상 어느 한 날 소홀치 않았지만
내 속에 쌓여버린 교만과 흔적들은
아직도 미련이 되어 그리움을 벗 삼는다

지혜의 높은 자락 물질의 풍요 넘친
물거품 흔적 없는 고요함 텅 빈 속엔
애잔한 그대의 연가 무늬 섞인 애달픔만

오호라 곤한 세상 마음은 앙망하나
미쁘신 그대 뜻은 헤아릴 길 너무 멀어
곤고한 흔적 삼키며 그저 마음 보태누나

꽈배기

꼬이면 절대 안 돼 웃자고 사는 세상
몸 꼬여 마음 꼬여 삶까지 비틀대면
어느 곳 성한 데 있어 밝은 웃음 찾을까

어느 골목 들어서니 먹거리 넘쳐나고
튀김 솥 부풀어진 꽈배기 웃고 있다
꼬아진 뽀얀 몸뚱이 더운 입김 품는다

반죽을 치대어서 호로록 돌돌 꼬는
아저씨 손놀림이 내 마음을 비트네
꼬아야 빛이 난다는 꽈배기의 애저림

하늘바라기

예쁜 새 한껏 젖힌 두 머리 귀여워라
하늘 꽃 뚝 떨어져 화관을 써 볼까나
무엇이 저리도 고파 목을 늘여 세울까

구름 꽃 먹이 되어 주린 배 채워볼까
앙망한 두 마음이 하나 되어 바라보니
바람이 지나다 보고 어우르며 달랜다

물안개 화관 쓰고 구름 꽃 달게 먹고
임 주신 사랑 언약 고운 꿈 그리나니
애틋한 하늘바라기 송이 되어 떨어진다

파랑을 물들이며

새파란 하늘 품에 하얗게 안기어진
구름은 나를 보며 자꾸 오라 손짓하고
벗 삼아 올라가 볼까. 깨금발을 짚는다

물가에 어린 얼굴 파랑을 옮겨와서
짙푸른 사월의 꿈 마음에 채색하는
빛 고운 그대 푸름이 물감인 듯 고와라

지치고 한숨 날 때 푸르게 날개 달아
하늘 꿈 푸른 낯을 잔잔히 주신 그대
파랑을 떠옮겨 안은 내 사랑이 물든다

죽단화

숭고한 여린 꽃잎 겹겹이 얼굴 숨겨
포담이 엉겨있는 기다림 깊어가네
따스한 봄날의 기쁨 그리움을 껴안네

색 짙은 노란 꿈이 주홍빛 손을 잡아
금관의 빛 부심을 찬란히 내뿜으며
마음 꽃 소담한 기품 여왕인 듯 홀리네

달빛 사냥

휘영청 밝은 달은 내 가슴 드리워져
님 계신 그곳 지나 앙상한 바람 엮어
접어진 아린 속 가슴 자꾸 열라 이르네

얄궂은 사념 한 줌 살포시 걷어다가
미명의 밤 자락을 셈하여 거두나니
스산한 이내 마음에 얼굴 찍고 돌린다

애 슬픈 밤의 연가 끊어진 붉은 낯은
보고도 아니 본 척 열고도 아니 연 척
서녘에 달빛만 걸려 별빛 총총 읊누나

여림의 향연

짙어진 밤의 장막 소음의 경연대회
하루의 분주함 속 여림의 품에 안겨
줄여진 데크레센도 편히 쉬라 말한다

셈여림 조절 못한 분주한 하루 속에
피아노 두드리다 포르테 두 개 겹쳐
거꾸로 동동거린 삶 크레센도 되었네

지친 새 안겨 우는 고요한 이 밤이여
살포시 안아주며 소리 없이 어우르는
잔잔한 피아니시모 그대 사랑 좋아라

새 노래

하늘길 찌뿌둥한 우울한 한 날 속에
공중을 바라보니 새 한 마리 떨고 있다
가족은 어디에 두고 길을 잃어 헤맬까

코로나 맹위 떨친 종잡을 수 없는 날씨
기온도 오락가락 변덕 속 생활일지
떠도는 새 한 마리와 내 마음도 울고 있네

희뿌연 우울 걷힌 화사한 태양 아래
내 임과 함께하는 힘겨운 둥지 틀기
즐거운 새들의 합창 다시 쓰는 일기여

사랑꽃

미치게 치고 도는 허공의 부대낌들
벽면의 누구 한 명 나를 꼭 안은 내내
안간힘 쓰다 지쳐서 떨구어진 사랑꽃

햇볕도 아니 주고 한 방울 물 안 먹고
여위어 향을 잃는 말라짐 조여 오면
차라리 부서질망정 꽃이 아닌 사랑꽃

개화開花

유난히 게으른 봄 코로나 입김인가
봄 마중 기다림에 많이 늦은 고운 임
하늘빛 푸르른 오늘 예쁜 얼굴 보이네

살포시 몽우리 진 새색시 붉은 볼에
연지를 살짝 덧댄 옷태 고운 낭자여
반기는 서방님인가 하늘 구름 걸렸네

민들레

흩어져 발에 밟혀 시선도 못 받는 꽃
지천에 무수히도 노랑을 물들이며
강인한 생명력으로 홀씨 되어 퍼진다

점령한 봄의 동산 아름들 꿈을 꾸며
잎부터 뿌리까지 갖가지 효능 많아
달콤한 꽃말 섞어서 일등 선물 된다네

유럽의 홀씨 점은 사랑의 묘약이라
후~ 불어 날아가면 가득 찬 사랑이니
이별의 민들레 홀씨 다시 피어 만나네

남풍의 한숨으로 날아가 버린 사랑
하지만 이별 아닌 꽃 만남 새로 열린
행복의 작은 민들레 희망 실은 연가여

상형문자

학문은 모양 달라 평생을 애면글면
정상에 우뚝 서서 다 한 듯 풀이해도
결국엔 종이 한 조각 내 임 앞엔 물거품

이제야 뭔가 조금 알겠다 깨우친 들
학업은 간 곳 없고 세월만 웃고 있다
우리네 종류 많은 삶 과욕만이 부푼다

지천명 늦은 공부 호기심 발동해서
청학동 소동 되어 천자문 벗 삼으니
내 앞에 오도카니 선 상형문자 웃는다

바람의 자리

거세게 불어오는 내 임의 화난 음성
기울여 여쭈어도 대답 없는 진노의 눈
바람이 휩쓰는 자리 깊어가는 사념들

거스른 세태 향해 늘 쫓는 돌이킴은
외마디 항변 섞인 움트는 긍휼이라
축 처진 어깨를 감싼 소리 없는 어우름

광풍의 수그러짐 애써서 갈구하며
오늘도 그대에게 사랑을 조르는 나
바람이 베어진 자리 소망 하나 떨군다

대면

끝없는 싸움에 지쳐버린 맥 빠짐을
작은 새 몸에 실어 하늘로 날려보며
밤의 눈 다가와 여민 소리 없는 고백들

내 안의 텅 빈 사념 갈망을 품에 얹고
메말라 헤매 도는 어두움 벗 삼으며
인자의 외로움 솟는 탄식 소리 듣는다

한 날의 꿈같은 삶 아직도 나는 살아
그대의 손짓 보며 미적이듯 방향 트니
물음표 당겨 세우고 마주 서신 그대여

한없는 사랑

시간의 언덕지나 지천명 넘고 나니
고운 색 취향보다 고이게 살고 싶네
맑은 물 마음에 고여 눈빛 닮아지고파

짧은 해 허리 끊어 울고 지는 아픈 세상
허우적 한숨의 강 너 나 없이 건널 적에
참 소망 마음에 품은 그대 생각 한없네

고통의 멍에 자국 새기고 우신 그대
빛 부신 웃음으로 뒤바뀐 승리 화관
내 마음 그대 품속에 풍덩 던져 드리리

공허(空虛)

눈물은 왜 자꾸 나 늦게 온 오춘기라
감정도 이래저래 오르락 반복하니
차라리 마음을 숫제 내팽개쳐 볼까나

내 마음 나도 몰라 아닌 척 숨기자니
무언가 들추긴 한 뜨거움 밀려오고
고요한 바다는 순간 태풍 일어 성낸다

바람의 눈들 잡아 눈 열고 포개려니
성남의 파도들이 제 편이라 손짓하고
오늘도 이렇게 나는 망망대해 떠돈다

인생 도안

머리에 학식 많아 기품이 넘치는 이
근육질 운동 신경 야수 앞 맥 못 추고
상생의 작은 교차들 웃고픈 모습 정겹다

어떤 이 돈이 많아 때깔도 윤이 나고
누구는 처량해서 무료급식 발품 쫓고
모양도 빛깔도 다른 각양각색 종 인생

얼키설키 꼬여있는 복잡한 인생 도안
포식의 먹이 사슬 구름이 걸쳐있고
욕망의 모순덩어리 꿈인 듯 양 부푼다

불붙는 경쟁 심리 상대를 억누르고
가져야 족한 세상 남에게 분풀이라
곤하고 말 많은 산은 넘고 나면 또 있네

내 작은 허기 들어 못남을 좇지 말고
화평을 맘에 새겨 미소를 융합하자
마음이 온유한 자여 좇지 마세 비양심

봄날은 간다

화창한 봄의 자락 만개한 꽃들이여
계절의 순서 엉켜 눈 보며 맞은 봄은
뒤늦은 고운 자태를 한껏 뽐내 웃는다

아이들 함께 나온 즐거운 봄 동산은
화사한 미소 띠며 반갑다 손짓하고
물오른 꽃들의 잔치 벙글어진 미소들

따뜻한 봄날 속에 그리운 임 생각은
처연한 발자국을 아롱져 빗대 오고
아련한 즐거운 한때 눈시울이 젖는다

내 사랑 그대 가신 빛 고운 발자취를
오늘도 애써 담아 보랏빛 물결 실어
오월의 봄날은 간다. 꿈의 여정 뿌린다

연서(戀書)

폭풍이 지나가니 고요가 찾아오네
진 새벽 아픔 풀어 모두던 허상들은
고운 님 한번 녹이니 허접스런 망상들

안개가 걷혀 앉은 눈 달린 내 앞에는
내 임의 웃는 얼굴 화들짝 만개하고
붙여진 유성 애공신 활화산을 잇는다

절절한 마음 닫은 그 임이 아시오면
그 밤에 나를 불러 그리움 안으련만
애타는 발길 잡음이 서러워서 못 가네

인연의 겁을 지나 백야의 도움 얻어
반백의 생을 돌아 뒤꼍 길 그리울 때
가슴에 고이 품었던 연서 함께 드리리

있고 없음

삼일 간 해가 반짝 웃통을 벗게 하고
천둥이 겁을 주며 오늘은 비가 오네
한여름 장맛비처럼 빗줄기도 굵다네

무언의 침묵 속에 잔잔히 들려오는
내 임의 목소리가 내 마음 적셔오고
어디 매 방향 바꾸어 곁길로 간 이 마음

측은히 들려오는 빗방울 떨어지는
사념의 깊은 자락 까닭 모를 피곤함
분명히 나는 또다시 제 방향을 찾으리

대지를 적셔버린 산하의 울림이여
내 작은 버둥거림 유무를 좇을 때에
미쁘신 그대가 나를 살짝 돌려세우네

동행同行(2)

철부지 어린 나이 쿵쿵 뛴 사랑일랑
세월을 지나 보니 덧없던 숨바꼭질
설렘을 떠나보내니 무덤덤만 웃프네

사랑을 고파 하긴 어느덧 늙었지만
세월에 익어버린 듬직함 기대이고
이 사람 떠나보내면 속절없어 울겠네

편해서 쉬여버린 익숙한 사랑이여
뼈마디 늙고 헐어 꼬부랑 정다우면
임 실은 꽃가마 타고 어디든지 가세나

별

낮동안 불사르던 화염의 도시 속은
검푸른 욕망 속의 훈짐만 남겨두고
곤한 맘 쉴 터를 찾아 하루 해를 끊는다

자고한 오만가지 내 안의 넘실대는
가파른 진의 고개 무소유 딱지 끊고
곤한 맘 인자를 찾아 거침없이 헤맨다

사랑은 불 같아서 타올라 재가 되고
고뇌는 물 같아서 흐르고 떠나가니
없었던 사랑 하나가 별이 되어 빛난다

제6부

나의 가족 여섯 식구

체스

네모난 틀 안에서 갈 길을 정해놓고
한 발씩 앞을 향해 전진하는 병사들
두 나라 맞불 전쟁이 흥미진진 즐거워

조그만 네모 세상 불붙는 한판 승부
맹목의 머리싸움 공허한 먹이 사슬
칸 속의 막힌 갈 길은 다시 돌아 또 시작

흑과 백 기선 제압 물오른 승부욕이
왕을 향해 돌진하는 생과 사 추돌 전쟁
옥죄어 피하다 결국 잡혀 우는 인생사

속죄(贖罪)

마음속 참 스승이 가시고 찾아든 너
우울을 빗대어서 깊은 곳 울렁인다
뒤늦은 진한 후회가 덧없어서 우는 날

학문의 참 도보다 인성을 가르치고
귀 열어 마음보며 눈 열어 안아주던
아빠의 진한 사랑을 함께 주신 사람아

멍울진 마음속에 슬픔을 꽃 띄워서
먼 하늘 그리움에 후회만 되살리니
오늘은 그대 사랑에 아파 오는 몸 저림

바둑

흰돌이 흑돌에게 첨예한 각을 치고
집 넓혀 가가호호 땅까지 넓혀가네
경계선 둘러싼 분규 인생사의 접전들

돌들의 접촉 과정 치열한 전투지나
3 6 1 착점 대상 흑과 백 교차한다
수많은 인생사 비유 삶의 허점 꼬집네

1회 1수 일수불퇴 불계패 예우 차원
19줄 교차점에 희비가 머리 박고
하늘의 별자리 실어 내 집 마련 펼친다

내 편

한 공간 부대끼는 내 편의 공유 일상
코로나 바꿔버린 갖가지 방아 찧기
한숨의 감정 변화도 찰떡인 양 찧는다

식성이 닮아가고 성격도 합쳐지고
닮은꼴 생활 습관 얼굴에 감성까지
두 개의 일란성 화음 반주 맞춰 노닌다

하나님 짝지어 준 심오한 방앗간은
찰떡을 주 무기로 치대고 방아 찌니
끈적한 농도 진해져 떨어지지 못하네

인연

세상의 많고 많은 소중한 인연 중에
날 향한 고운 띠를 금줄로 엮고 웃는
내 임의 고운 섭리는 이해할 길 없어라

부모의 연을 잇고 자식의 도를 지며
이웃을 내 몸처럼 사랑하라 하신 그대
세상 끝 처음 대면한 이름 석 자 옮매네

덧없는 인연일랑 기억도 부실한데
첫 대면 마음 포갠 기막힌 주님 솜씨
왕인 듯 공주인 듯한 세대 넘은 희곡 본

내 주님 안목인들 따를 사 있으리오
엮고서 관찰하는 오묘한 시선 속에
소경이 눈을 떠가는 그대의 빛 부셔라

속눈썹

절대로 지지 않던 눈망울 크기 놀라
왕방울 모인 이곳 기죽지 않았는데
어느 날 거울을 보니 남의 것 양 낯서네

크기는 그렇다 쳐 어느 틈 사라지는
속눈썹 실종 상태 세월 탓 비기 리오
눈웃음 휘날리던 때 아니 간 만 못하네

사진도 찍기 싫어 등 돌려 혼자 앉아
뇌 색의 추억 젖은 공 눈썹 붙이려니
눈썹이 나를 삼키며 문신을 해 차라리

봉선화

봉선화 고운 꽃물 손톱에 물들이며
색 고운 설렘 담아 내 임이 오시기를
발그레 손톱에 앉은 첫사랑을 꿈꾼다

소녀의 순정 담아 제발 좀 놔두라는
손대면 톡 터지는 봉선화 여린 맘은
달 뽀얀 사랑의 타래 기약 없는 기다림

첫눈이 올 때까지 길어진 앙망함은
다솜이 꽃 피워진 임 향한 소망 찬가
나를 좀 건드리지마 새침데기 순정녀

春喜(춘희)

春來寒已盡
哀歡叉先後
陽盛陰衰憙
迎春忽起牀
黃昏誘我泣
願問於天父
人生短虛乎
未聽姑不得

때가 차 봄이 오고 겨울이 지나가니
기쁨과 슬픔이 교차한다
음울함이 지나가고 햇볕이 다가와 기쁘니
봄을 맞아 급히 일어난다
황혼이 머무니 내가 운다
하나님께 내가 묻고자 하오니
어찌 인생이 이리 짧고 허무할까
듣지도 아니하고 아직 깨닫지도 못했다

봄의 밀어

늦은 봄 만개한 갖가지 예쁜 꽃들
봄 아씨 여기저기 보드레 웃고 있고
시집간 목련 낭자는 푸른 잎만 남겼네

세월에 웃음 짓고 추억에 눈물 떨궈
한 세상 가는 길이 또 돌아 아쉬우니
봄 안개 사방에 깔린 아지랑이 깊어라

한 철의 고운 임들 빼어난 몸 자태만
붙잡지 못하는 맘 애달파 또 보내고
밀려올 향수에 젖어 오늘도 난 그린다

조화 속의 부조화

외관이 잘난 것은 오십 점 선 득점 임
성형이 늘어남은 호감도 기 씀일세
키 작고 얼굴 못난이 한 맺혀들 운다네

허우대 멀쩡하고 하는 일 별반 없고
볼품은 없지마는 전문직 명함 다는
참으로 섞인 세상은 웃고프고 공정타

기 쓰고 가지려는 돈 따라 악착 떨며
돈 조금 손에 쥐면 없는 것 또 찾아서
끝없는 욕심의 세계 탐욕 많은 이 세상

잘나고 싶은 욕망 없는 이 누구런가
갖고자 싶은 마음 그 누가 없을쏘냐
마음을 비운다 해도 고개 드는 탐욕들

마음을 비웠다며 거짓이 판을 치고
안달 난 배 아픔들 우리 속 꽉 찼으니
내 임은 오늘도 나를 탈탈 털어 세우네

먹구름

인생의 어떤 날은 해가 떠 활짝 웃고
먹구름 드린 날은 우산을 준비하네
한 방향 가는 길들이 여러 모습 포개네

작은 산 넘고 나면 큰 산이 앞을 가려
나 몰래 한숨 짓는 여정의 들꽃이여
소담한 하얀 미소가 어우르며 달랜다

가는 길 무거워도 늘 노래 불러봄은
날 향한 그대의 눈 동일한 미쁘심에
포옹의 깊은 한 자락 감사함을 붙든다

나의 가족 여섯 식구

꽃들을 해산하고 만개함 바라보니
네 종류 각기 다른 기쁨이 넘실거려
봄날의 아지랑이 속 꿈을 꾸는 엄마라

하루해 지고 넘는 세월의 깊이 따라
내 마음 헐고 닦는 지혜의 습작 이어
고운 물 다시 뿌리며 꽃의 태동 느끼네

잉태의 환희 속에 영그는 모성일랑
자라는 그대 안의 첫울음 상면일세
생명의 진귀한 고리 임과 엮은 사랑 줄

어여쁜 꽃들 보며 세상이 익어가고
부푼 듯 다시 드는 고운 임 웃을 적에
새로이 꽃피고 품는 여섯 식구 향기라

부부

천하의 원수라며 어떤 이 헤어지고
물 탄 듯 그냥저냥 어떤 이 산다 하고
만나고 헤어짐 많은 탈도 많은 부부애

다음에 태어나도 살 거냐 묻는 말에
곰곰이 생각하니 답 없어 벙어리네
친구랑 눈 마주치며 박장대소 웃었네

다음에 태어나도 살 거냐 묻는 말에
뒤늦게 앉은 남편 망설임 1초 없이
그러마, 선뜻 대답해 적지않이 놀랐네

공연히 미안한 맘 친구가 눈치채고
아프면 병시중도 할 거냐 바뀐 물음
요양원 절대 안 보내 똥오줌도 내 거야

정착기

씨 뿌려 싹이 나고 어느 틈 자라나고
자연의 신비로운 만물의 조화 속엔
내 임의 고운 입김이 가득 배어 있다네

세상을 창조하고 늘 함께 바라보며
동행의 힘주시고 사랑의 열매 함께
기꺼움 크신 미소를 나의 삶에 포개네

씨 뿌려 뿌리내린 앙망한 소망 담은
고운 임 예쁜 얼굴 대신해 웃고 있는
풀포기 꽃 한 송이가 나와 밀어 즐기네

세상 속 조화로운 임 주신 사랑 속엔
갖가지 굽은 형태 유혹의 강을 지나
참사랑 오묘한 터에 자리 잡는 정착기

봄의 걸음

공주님 좋아하는 일등 색 핑크에는
로맨스 가득 담긴 사랑의 멜로 풀어
봄이면 아롱이 지는 염원 가득 담겼네

나무에 걸려 노는 흰 구름 아씨에게
핑크 꽃 윙크하며 봐달라 손짓하니
애꿎은 하늘 서방님 푸른 가슴 여미네

봄철의 늦은 손님 여리게 미소 짓고
담장의 흐드러진 날갯짓 하얀 꿈은
오늘도 못내 아쉬워 잰걸음을 옮기네

심心 정正 미美

화내는 법이 없는 온유한 우리 남편
코로나 기간 동안 연습실 드나들며
혼자서 한숨 삭이며 마음 '심'자 닦더니

해 좋은 어느 한 날 땀 뻘뻘 흘려가며
이번엔 발콘 바닥 '정(正)'자로 칠해놨네
남편 덕 한번 덧칠한 내 마음의 정갈함

눈 보면 마음 알고 웃으면 곧은 사람
내 주님 맺어주신 참사랑 뜨락 안에
오늘도 행복한 여인 '미'자 되어 납시네

달이 든 커피

달이 든 커피 향의 새뽀얀 그리움은
시커먼 그대 얼굴 반란의 부심이네
물처럼 나의 연민을 어우르는 그대여

밀어의 속삭임은 은유의 경고장들
반환의 진한 고뇌 가득 찬 퇴색이네
약처럼 나의 마음을 헤아리는 그대여

미동

엄마의 마음을 헤아릴 수 없어서
울던 나 고개 드니 머리가 하얘졌네
그 마음 다가와 우는 어린 딸은 지천명

세월의 고개 넘어 마음을 묶고 나니
보이지 않던 것들 손들어 반겨주고
비움의 큰 손은 나를 눈을 돌려 채우네

세상의 작은 소망 한 줄기 빛이 되어
전쟁터 평안 속에 사랑을 엮으라니
나 아직 할 줄 몰라서 빛난 줄들 더듬네

切呼哀歌(절호애가)

天靑高心不淸喜
范然潛及望鄕情
花開醉香哀亦連
眼幻視子不見父
己孤單責吾感識
向天父欲呼哀歌
聖恩廣大望成晛
不經悲又不知恩

절절한 애가 읊고 싶어
하늘(마냥) 푸르고 높은데도 내 마음 맑고 기쁘지 않아
고향 그리는 정 아득히 잠겨 스며드는구나
꽃 피고 향 내음 취해있으나 슬픔 또한 이어지고
눈이 헛보이니 아들은 (가까워서) 보이고 아버진 (멀어서) 뵈지 않는단다
외로운 홑겹의 단죄가 그쳐 나 느끼고 알아가니
하나님 아버지 향해 애가를 부르짖고 싶을 뿐
거룩한 은혜 너무 넓고 커 이루어지기를 바라나니
슬픔 겪지 않은 자 은혜 또한 알지 못하는 법인 것을

허주(虛舟)

비워진 내 마음의 표리 된 애증 엮어
애타게 찾고 찾는 무언의 갈망들은
아직도 어둠 속 향해 던져지는 그물망

첨예한 각을 치는 내 속의 곤한 자아
어획의 비린 질고 생의 닻 휘달리며
곤고한 아픔을 향해 은빛 미소 거둔다

* 虛舟(허주) – 빈 배

성좌(星座)

은하수 고운 바다 하늘의 별님 모여
쓰라린 아픈 이별 상흔의 가시 돌을
보 담아 울음 가리고 하얀 팔로 늘린다

심연의 모래바람 흩날려 버려두니
때 이른 밤의 미동 날 가만 옮겨놓고
하늘 위 별자리 하나 가슴에다 떼 다네

내 사랑 간 곳 없고 흑 짐만 채울 적에
별 고운 하늘님이 하나 뚝 떼어다 준
가슴에 훈장처럼 단 나를 닮은 별자리

내 마음속 하트

하트의 색깔 따라 크기와 모양 다른
온도의 열띤 작용 각자의 가슴팍엔
갖가지 이해타산에 온갖 색이 섞이네

애초에 빨간 하트 생각도 이념 다른
혈기의 상승 작용 심장의 떨림 속엔
못다 한 사랑 고갈에 무명색만 떠도네

정 중앙 마음 벌판 혈의 눈 자리 다른
협곡의 상호 작용 모호한 갈림길엔
언제나 인도하시는 금빛 색이 있다네

□ 서평

참사랑으로 빚은 아름다운 연가

– 박미애 시조집 『나 그대 향해』

최 봉 희(시조시인, 평론가, 글벗 편집주간)

박미애 시인은 독일에 거주하는 시인이다. 1971년 12월 전북 군산 출생하여 전남대 음악학과(작곡 전공) 졸업한 후에 2015년 12월에 제6회 글벗문학상 시 부문 신인문학상을 수상하면서 등단했다. 특별히 2017년 4월에 제42회 샘터시조상을 수상하면서 문단의 주목을 받았다. 이번에 출간하는 시조집은『뾰족구두』,『은혜의 강물』에 이은 세 번째 작품집이다.

그는 독실한 기독교 신앙을 가진 시인이다. 그 때문에 그의 시와 시조의 핵심어 '사랑'이다. 이번 시조집은 사랑의 노래, 연가(戀歌)라고 할 수 있다.

사랑의 시로 대표적인 것은 성경의「아가서」다. 이에 대한 아름다운 이야기가 다음과 같이 전해온다.

아가서는 솔로몬이 왕이 되기 직전에 포도원이 많이 있는 에브라임 지방의 어느 포도원을 방문하는 것으로 시작한다. 포도원을 관리하는 포도원 지기는 세상을 떠났고, 그의 아내는 두 아들과 두 딸을 데리고 포도원을 관리했다. 그런데 큰딸 술람미 여인은 가족에게 신데렐라와 같은 존재였다. 타고난 지성과 아름다운 모습이 있었다. 하지만 그를 알아주는 사람은 없었다. 두 명의 이복 오빠들은 그녀에게 몹시 거친 일을 시켰다. 포도 순을 다듬고, 동물들이 다닐 수 있는 오솔길을 냈고, 양의 무리를 돌봤다. 온종일 밖에서 일만 했기 때문에 그녀의 얼굴은 햇볕에 몹시 그을린 상태였다. 그런데 어느 날 키가 큰 미남 청년이 포도원에 왔다. 바로 솔로몬이었다. 그는 그녀를 보자마자 단숨에 사랑에 빠지고 만다. 그녀는 그를 목동이라고 생각해서 그의 양 무리에 대해 질문했다. 하지만 청년은 즉답을 피하고 그녀에게 사랑을 고백한다. 그러고는 그녀에게 풍성한 선물을 준비하여 다시 오겠다고 약속하고 그곳을 떠나간다. 그리고 그녀는 꿈속에서 그를 만나는가 하면, 어떤 때는 그가 가까이 있는 것으로 생각하며 그를 무척 그리워했다. 그리고 마침내 이 청년은 찬란한 왕의 복장으로 돌아왔다. 그리고 아름다운 그녀를 자신의 신부로 맞이한다.

이것이 「아가서」의 배경으로 알려진 사랑의 이야기이다.

어쩌면 박미애 시인은 우리 문단의 신데렐라가 아닌가 싶다. 글벗문학회에서 열정적인 창작활동과 함께 글 나눔은 가히 헌신적이다. 그의 시에서 그는 사랑을 다음과 같이 노래한다.

자꾸만 커져가는 연민의 색상들은

뒤섞여 제 색 잃은 불투명 얼룩이라
어느 것 분명치 않은 애매모호 궤변들

아가페, 아가파오, 필리아, 스트로게
광범한 세상 속의 무한한 술래잡기
정답을 비껴간 정답 사랑이라 부르네

소멸된 참사랑의 밑그림 옮겨보다
빛바랜 탈색의 허 통증이 되어올 때
오색의 치솟는 선율 거침없는 애가(愛歌)라
- 시조 「사랑」 전문

이 시조에 언급한 네 가지 사랑에 대해 살펴보자. 첫째는 아가페(agape)다. 배우자나 자녀에게 느끼는 종류의 사랑. 기독교인들의 인류에 대한 하느님의 사랑. 다른 사람이 이로워지기를 바라는 절대적인 사랑, 이타적인 사랑이다.

신약성경에 '사랑하다'라는 헬라어는 두 가지가 있다. 하나는 아가파오(사랑하다 ἀγαπάω)또는 아가페토스(사랑받는 ἀγαπητός), 또 하나는 아가페(사랑 ἀγάπη)가 있고 필레오(사랑하다 φιλέω)가 있다.

일반적으로 아가파오는 히브리어 아가브(עָגַב to breathe to love)에서 파생된 것으로 추측한다. 생명과 관계된 사랑, 생명을 주는 사랑을 의미한다. 그래서 '아가파오'는 신적인 사랑, 생명으로 사랑하는 사랑을 의미한다.

둘째, 필리아(고대 그리스어: φιλία)는 우애(友愛) 또는 형제애(兄弟愛)로 옮겨진다. 친구 혹은 가족 혹은 공동체를 나 자신과 동등한 사람들로 이해하고 대우할 때 느끼는 사랑, 평등의 사랑, 덕을 가진 사랑을 의미한다.

셋째, 스토르게(stroge)는 친구 사이처럼 오랫동안 알고 지내면서 무르익는 우정과 같은 사랑을 가리킨다. 자녀 혹은 국가 혹은 좋아하는 스포츠팀에 대한 막연한 사랑 같은 것을 의미한다.

백송이 장미보다 네 눈빛을 사랑해
넓고 고른 네 마음을 처음부터 찜했지
너에게 향하는 마음 물빛 같은 투명함

백날을 친구 하며 눈여겨본 마음 밭
애달픈 저울질이 부끄러워 숨을 때
눈 서리 성큼 다가와 냉동이 된 두 마음

하릴없는 자존심이 동냥으로 묶이고
꿈꾸듯 홀린 가슴 애 저리게 열릴 때
한 송이 크고 고운 꽃 사랑으로 맺혔네

널 위해 드리는 참사랑의 주님 소망
해 걸어 물빛 들면 형형색색 다가드는
백 번을 곱씹는 사랑 변치 않은 내 사랑
- 시조 「내 사랑」 전문

시인이 추구하는 사랑은 물빛같이 투명하고 크고 고운 꽃처럼 형형색색으로 다가서는 변하지 않는 사랑이다. 한마디로 이타적인 사랑, 참사랑을 소망한다.

위대한 사랑은 희생이 필요하다. 아무도 이 말을 부인할 수 없다. 사실, 많은 사람은 서로를 위해 한 가지 이상의 희생을 언급하리라. 그들 중 몇몇은 그들의 삶을 완전히 바꿨으리라. 그 희생은 의심할 여지 없이 큰 효과를 가져왔을 것이다. 왜냐하면 그들은 지금 행복한 삶을 누리고 있기 때문이다.

힘겨운 이웃 사랑 내 일이 아님에도
내 아픔 곁들여서 바쁜 걸음 종종이면
가식이 없는 그 사랑 나를 향해 온다네

버릇도 아니 되고 순전함 못 미쳐도
벗 삼는 작은 위로 주님의 통로 되어
고운 뜻 선을 이루어 큰 사랑을 만드네

내 안위 장막 삼아 은신의 늪 빠질 때면
허우적 버둥대는 그대 슬픔 나 몰라라
참이신 그대는 나를 자꾸 보라 하신다
– 시조 「그대의 사랑은」 전문

시인이 바라본 참사랑은 바로 가식이 없는 사랑이다. 주님 곧 절대자의 통로가 되어 고운 뜻, 선을 이루는 참으로서의 큰 사랑을 말한다. 많은 사람은 여전히 희생이 클수록, 더 진실하고 로맨틱한 관계라고 믿는다. 사랑은 마치 우리가 숭배해야 하는 하나님으로 생각하기도 한다. 역시 이타적인 사랑이다.

허한 마음 쌩하니 느껴지는 널 보며
위로의 하나님 그대 마음 만져주길
참 평안 느끼며 우는 네가 되길 기도해

사연 많은 사람들이 굴곡진 인생길을
안으며 질 수 없는 곤고함을 담아서
통곡의 푸념 자락을 일기처럼 기도해

떠안아 가슴으로 울어주는 함께함을
너 몰래 하고 우는 속절없이 아픈 시간
참사랑 미쁘신 그대 너도 알길 기도해
- 시조 「기도」 전문

시인은 오늘도 기도한다. 하나님께서 아픔을 위로해 주는 마음으로 함께 기도하는 삶, 함께 울어주는 삶을 살아가는 것이다.

미국의 터프츠대학 심리학자인 로버트 스턴버그(Robert Sternberg)는 세 가지 구성요소를 가정해 사랑의 삼각형 이론(triangular theory of love)을 제안한다. 그는 관계에서 성숙한 사랑, 완전한 사랑, 참사랑은 열정(passion), 친밀감(intimacy), 헌신(commitment)의 관계라 말한다.

여기서 '열정'이란 사랑하는 사람에 대한 뜨거운 마음이다. 상대방과 신체적으로 함께하려는 강렬한 욕망을 갖게 한다. 젊은 사람들이 생각하는 사랑이다. 상대방이 곁에 없으면 견디지 못한다. 끊임없이 그리워한다. 가장 매력적이지만, 가장 위험한 사랑이기도 하다. 로미오와 줄리엣의 사랑이 비극으로 끝난 이유도 바로 그 열정 때문이다.
'친밀감'이란 상대방과 정서적으로 연결되어 있다는 느낌이다. 상대방에게 따뜻한 마음을 갖고 배려한다. 상대에 대한 신뢰와 연결되어 서로의 비밀과 삶을 공유한다. 또한 정서적인 지지와 위로를 보내주는 것이다.
'헌신'이란 사랑을 지속하도록 서로를 단단하게 묶어주는 끈이다. 사랑하는 사람과 역경을 함께 헤쳐 나가면서 관계를 유지하려는 결단과 책임감을 동반한다. 열정은 금방 식고 친밀감도 쉽게 사라질 수 있다. 하지만 헌신은 쉽게 사라지지 않는다.

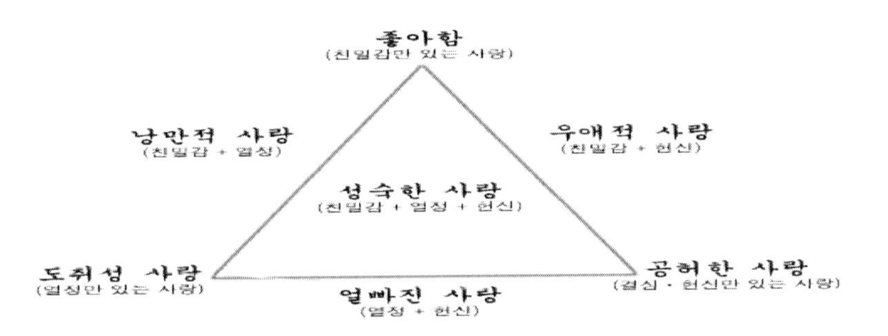

스턴버그에 의하면 열정은 사랑의 초기에 강렬하게 나타난다. 하지만 시간이 지나면서 점점 줄어드는 반면에 친밀감과 헌신적인 태도는 시간이 지나면서 서서히 발전한다고 말한다. 사랑하는 사람 사이에 일어나는 열정적인 사랑은 빨리 발전하고 급속도로 감정의 극점에 도달하지만 쉽게 사그라진다. 그 때문에 친밀감과 헌신적인 태도가 발달하지 않으면 열정적인 사랑은 오래가지 못한다. 곧 시들게 마련이란 것이다.

박미애 시인은 이와 관련하여 시조 「은혜의 향기」를 통해 진정한 사랑, 참사랑의 의미를 다음과 같이 통찰한다.

> 오십 년 꿈 날 같은 인생의 페이지를
> 한 장씩 넘겨보다 웃어보는 오전 한때
> 행복은 사랑을 타고 마음 안에 걸렸다
>
> 결혼과 터전 바뀐 동포의 삶 가운데
> 한시도 그대 눈길 날 외면하지 않고
> 미쁘고 크신 사랑만 겹겹들이 살피네
>
> 네 아이 엄마 되어 늘 항상 웃어봄은
> 내 삶에 동행하는 그대의 은혜여라
> 색 바랜 사진첩처럼 한낱 꿈일 인생길
>
> 고운 손 놓지 않고 앙망의 그 길 향해
> 오늘도 감사함을 변함없이 약속하고
> 짙어진 사랑의 향기 온 마음을 덮는다
> – 시조 「은혜의 향기」 전문

시인은 결혼과 함께 독일에서 동포의 삶을 살면서 힘겹고 외로운 삶을 살아왔다. 그런데 시인은 지금까지도 감사하는 삶을 살고 있다. 힘들고 어려운 상황에서도 긍정적인 삶을 사는 것이다. 사랑하는 이와 동행하는 삶 속에서 은혜로 생각하는 삶이 바로 그것이다.

우리는 모두 사랑이 약속을 의미한다는 것을 안다. 우리는 또한 특정한 상황에서 관계를 지속하기 위해서는 어느 정도의 희생과 헌신을 감수해야 한다는 것을 알고 있다. 그 아름다운 관계가 성장에 도움이 된다는 것을 알고 있다. 사랑의 관계에는, 아드레날린이 분비되고, 깊은 감정이 포함한다. 우리는 연인에 대한 모든 것을 사랑하며, 연인관계를 시작한다. 하지만 시간이 흐르면서, 서로에 대해 기대했던 역할과 실제의 모습이 달라지기 마련이다. 모든 것이 사랑을 시작했던 처음 때만큼 멋지게 느껴지지 않는다. 서로 깨닫지 못하는 사이 사랑이 시들기 시작하는 것이다.

예쁜 새 한껏 젖힌 두 머리 귀여워라
하늘 꽃 뚝 떨어져 화관을 써 볼까나
무엇이 저리도 고파 목을 늘여 세울까

구름 꽃 먹이 되어 주린 배 채워볼까
앙망한 두 마음이 하나 되어 바라보니
바람이 지나다 보고 어우르며 달랜다

물안개 화관 쓰고 구름 꽃 달게 먹고
임 주신 사랑 언약 고운 꿈 그리나니
애틋한 하늘바라기 송이 되어 떨어진다
– 시조 「하늘바라기」 전문

사랑은 그 약속을 믿고 고운 꿈을 꾸면서 마치 화초처럼,

매일매일 가꾸고 물을 주고, 영양도 주어야 한다. 만일 제대로 사랑을 가꾸지 않는다면, 말라버리고, 시들어버린다. 반대로, 물을 너무 많이 주어도, 식물의 뿌리가 썩어버리듯이, 결국은 과잉된 감정에 의해 사랑이 말라버릴 것이다.

인간관계도 마찬가지로, 사랑과 자유의 균형을 적절히 유지해야 한다. 하지만 사랑의 화초가 우리가 깨닫지 못하는 사이에 시들어버리는 이유가 있다. 협동력을 믿고, 무엇이 중요한지, 무엇이 더 이성적인 방향인지, 혹은, 어떻게 해야 사랑을 유지할 수 있는지 고민해야 할 시기다.

미치게 치고 도는 허공의 부대낌들
벽면의 누구 한 명 나를 꼭 안은 내내
안간힘 쓰다 지쳐서 떨구어진 사랑꽃

햇볕도 아니 주고 한 방울 물 안 먹고
여위어 향을 잃는 말라짐 조여 오면
차라리 부서질망정 꽃이 아닌 사랑꽃
– 시조 「사랑꽃」 전문

삶의 안간힘을 쓰다가 지치고 향기를 잃어가고 야위어 가는 삶 속에서 부서지고 떨어진다. 그것이 바로 사랑꽃이다.

프랑스의 유명한 여배우이자 감독이었던 잔느 모로(Jeanne Moreau)는 이렇게 말한다.

"나이가 든다고 사랑이 지켜지지 않는다. 하지만, 사랑은 나이를 먹지 않게 해준다."

사랑이 시드는 이유는 부정적인 마음을 키우는 것이다. 스트레스를 받는 직장생활, 장 볼 시간도 없이 바쁘고, 이웃들과도 교류가 없고, 일은 잘되지 않고…. 우리가 일상을 잘 유지하지 못한다면, 우리는 부정적인 마음이 커지게 된다. 이 부정적인 마음은, 많은 부분, 특히 우리의 사랑에게도 큰 영향을 끼친다.

흩어져 발에 밟혀 시선도 못 받는 꽃
지천에 무수히도 노랑을 물들이며
강인한 생명력으로 홀씨 되어 퍼진다

점령한 봄의 동산 아름들 꿈을 꾸며
잎부터 뿌리까지 갖가지 효능 많아
달콤한 꽃말 섞어서 일등 선물 된다네

유럽의 홀씨 점은 사랑의 묘약이라
후~ 불어 날아가면 가득 찬 사랑이니
이별의 민들레 홀씨 다시 피어 만나네

남풍의 한숨으로 날아가 버린 사랑
하지만 이별 아닌 꽃 만남 새로 열린
행복의 작은 민들레 희망 실은 연가여
- 시조 「민들레」 전문

시인은 민들레를 바라보면서 주목받지 못하는 꽃이지만 강인한 생명력을 지닌 민들레의 삶을 사랑한다. 왜냐하면 민들레는 사랑의 묘약이자 행복을 의미한다. 더불어 이별을 통해서 새로운 만남으로 행복이 열리기 때문이다. 그래서 시인은 희망의 연가를 부를 수 있는 것이다. 지금도 시인은 작은 민들레를 바라보며 사랑의 노래를 부른다.

사랑하지 못하고 아픔만 가득 차서
열린 맘 외면하는 영혼 없는 빈 가지
곤고한 울림의 건반 슬픈 고뇌 차오른다

삭막한 한겨울의 아우성을 빗대어
한숨 사발 들이키는 얼굴 없는 애잔함
공허한 슬픈 속삭임 공존하며 나부낀다

스산함 차고 올라 바람 한 결 아우를 때
훈풍에 실어 오는 따뜻한 그대 미소
휩쓸린 긍휼의 자락 모래성의 최후여
- 시조 「차지 못한 달」 전문

모든 부정적인 생각을 버려야 한다. 또한 부정적인 생각은 남에게 떠넘긴다고 사라지지 않는다. 그저 자신이 질 수 있는 부정적인 짐의 수준을 넘어서면 결국에는 마음을 아프게 할 것이다. 자신의 불평은 그저 그 불만을 늘어놓는 사람, 그리고 그걸 듣는 사람, 모두를 괴롭게 할 뿐이다. 그 때문에 진정한 사랑은 타인에게 불평을 늘어놓지 않는다. 그 원인을 찾아 문제 해결에 집중한다.

아픔이 가득 찬 아이의 슬픈 눈물
앙다문 작은 마음 빗장 걸어 채우고
사방의 혼란한 시선 버둥대는 애잔함

따뜻한 말 한마디 눈빛을 교환하며
꼭 안아 다독이며 기도하며 울었네
여리고 아픈 작은 새 몸 떨리듯 안겨오네

세상 죄 대속하신 그대의 맘 달려와
세상이 건넨 상처 감싸고 보듬어라
결국엔 빛이 되고 말 희망 찬가 별 아기
- 시조 「별이 될 아이」 전문

상대에 대한 긍정적인 태도는 따뜻한 말 한마디, 그리고 비언어적인 표현 등을 통해서 안아주고 다독이면서 기도하는 모습이 필요하다. 그 상처를 감싸고 보듬는 절대자의 모습처럼 결국엔 빛이 되어서 행복한 삶이 되는 것이다. 부정적인 태도는 어떤 경우에는, 매일매일 부정적이고 어둡고, 그게 일상이 되어버리면, 관계도 그만큼 삭아버릴 수밖에 없다.

인간에게, 삶은 충분히 스트레스 덩어리이다. 아이들, 친구들, 직장, 취미, 공부…. 이 모든 것이 너무나도 멀게 느껴져, 제대로 연인과의 삶을 즐길 수가 없다. 연인이 당신보다 다른 것을 더 중요하게 여기고, 연애에 충실하지 않다면, 그 관계는 곧 파탄이 날 것이다. 그것은 인간과 하나님의 관계와도 연결된다.

나에게 힘을 주는 그대는 천사여라
두 무릎 함께 꿇는 그대는 친구여라
상한 맘 위로를 주는 그대 고운 사람아

힘겨운 인생길에 참사랑 동무하고
저버린 웃음꽃은 희망을 노래한다
한 세상 아픈 시련이 방향 바꿔 접힌다

한마디 위로의 말 천 냥 빛 사랑담아
열 배로 열매 맺고 백배의 싹이 트는
만유의 미쁘신 사랑 저버림이 없어라
- 시조 「사랑의 동행」 전문

다시 말해 사랑은 아름다운 동행의 관계가 필요하다. 자신과 함께 사는 사람을 제일 우선시하는 것, 그들이 중요한 사람임을 인식하게 하고, 자신의 의견을 들어주는 것은 사랑을 주고 있다는 최고의 증거다.

결론적으로 박미애 시인이 말하는 참사랑은 이타적 사랑이고 절대적인 사랑이다. 이에 『사랑의 수첩』을 쓴 스페인의 작가 안토니오 갈라의 말을 인용하고 싶다.

"진정한 사랑은 자기애가 아니다. 연인이 서로에게 자신, 그리고 자신의 삶을 열어주는 것이다; 성가시게 조르지도 않고, 고립되지도 않고, 거부하지도 않고, 집착하지도 않는다. 오로지 받아들일 뿐."

씨 뿌려 싹이 나고 어느 틈 자라나고

자연의 신비로운 만물의 조화 속엔
내 임의 고운 입김이 가득 배어 있다네

세상을 창조하고 늘 함께 바라보며
동행의 힘주시고 사랑의 열매 함께
기꺼움 크신 미소를 나의 삶에 포개네

씨 뿌려 뿌리내린 앙망한 소망 담은
고운 임 예쁜 얼굴 대신해 웃고 있는
풀포기 꽃 한 송이가 나와 밀어 즐기네

세상 속 조화로운 임 주신 사랑 속엔
갖가지 굽은 형태 유혹의 강을 지나
참사랑 오묘한 터에 자리 잡는 정착기
– 시조 「정착기」 전문

연인의 진정하고 정직한 교류가 매우 중요하지만, 열정 또한 연인관계의 중요한 요소이자, 계속하기 위한 근원이다. 그리고 우리가 서로에게 상처 입지 않게 되는 것도 하나의 신비한 일이다.

인간의 관계라는 것은 여러 가지 형태로 이루어져 있지만, 그 모든 관계 속에서 행복의 정점을 찍는 감정이 바로 사랑이지 않을까 생각된다. 친구, 부모와 자녀, 형제, 애인, 부부…. 이 관계들 사이의 물리적이고 정신적인 여백이 미움이나 증오나 무관심이 아니라 사랑으로 채워져 있을 때 우리는 그 어떤 물건을 소유했을 때보다도 더 진한, 혹은 완벽한 만족을 느끼는 존재라는 생각이 든다.
만일 사랑의 관계가 지금까지 꾸준하다면, 우리는 아마 놀라고, 우리의 사랑과 스스로에 대한 대우에 놀라고 의지가 넘칠지도 모른다. 이 행복의 대부분은 우리의 선택과 행동에 달려있다. 이것이 관계의 사소한 일에도 주목해야 하는 이유이다. 나비효과가 일어날 수도 있으니까.

이타적 사랑(AGAPE : altruistic love)은 무조건적이고 헌신적으로 타인을 위하고 보살피는 사랑이다. 사랑의 대상이 사랑받을 자격 여부나 그로부터 돌아오는 보상적인 대가에 상관없이 변함없이 주어지는 헌신적인 사랑이다. 이런 종류의 사랑에서는 자기희생이 중요한 요소가 된다. 진정한 사랑이란 받는 것이 아니라 주는 것이며, 자기 자신보다는 사랑하는 사람의 행복과 성취를 위해서 희생하는 것이라는 생각이다. 어쩌면 이타적 사랑은 낭만적 사랑과 우애적 사랑이 혼합된 것이 아닐까? 사랑하는 사람이 심리적 고통을 주더라도 너그럽게 받아들이며 그를 위해서 자신을 희생하며 기쁨을 느끼게 되는 것이다.

끝으로 성경의 사랑의 장인 고린도전서 13장을 음미하면서 박미애 시조집에 나타난 이타적인 사랑, 참사랑의 의미를 다시 한번 더듬고자 한다.

> 내가 사람들의 언어들과 천사들의 언어들로 말할지라도
> 사랑이 없으면 소리 나는 징과 울리는 꽹과리가 되고
> 내가 예언하는 능력이 있고 모든 신비와 모든 지식을

이해하며 또 모든 믿음이 있어 산을 옮길 수 있을지라도 사랑이 없으면 내가 아무것도 아니요, 내가 모든 재산을 바쳐 가난한 자들을 먹이고 또 내 몸을 불사르게 내줄지라도 사랑이 없으면 그것이 내게 아무 유익이 없느니라
사랑은 오래 참고 친절하며 사랑은 시기하지 아니하며
사랑은 자기를 자랑하지 아니하며 우쭐대지 아니하며
무례히 행동하지 아니하며 자기 유익을 추구하지 아니하며
쉽게 성내지 아니하며 악을 생각하지 아니하며
불법을 기뻐하지 아니하고 진리를 기뻐하며
모든 것을 참으며 모든 것을 믿으며 모든 것을 바라며
모든 것을 견디느니라. 사랑은 결코 없어지지 아니하되
예언은 있다 해도 없어질 것이요, 타 언어들이 있다 해도 그칠 것이며 지식도 사라지리라.
(중략)
그런즉 믿음, 소망, 사랑, 이 세 가지는 항상 있을 것인데 그 중의 제일은 사랑이라.
- 신약성경, 고린도전서 13장 일부

지금까지 박미애 시인의 세 번째 작품집인『나 그대 향해』를 통해 아름다운 사랑의 의미를 음미해 보았다. 밀리 타국 독일에서 날아온 그의 신실한 신앙을 다시금 확인하고 살펴보는 뜻깊은 시간이었다.

앞으로 열정적이고 지속적인 창작활동을 기대한다. 다시금 그의 건승과 건강을 기원한다.

■ 글벗시선145 박미애 시조집

나 그대 향해

인 쇄 일 2021년 7월 29일
발 행 일 2021년 7월 29일
지 은 이 박 미 애
펴 낸 이 한 주 희
펴 낸 곳 도서출판 글벗
출판등록 2007. 10. 29(제406-2007-100호)

주　　소 경기도 파주시 와석순환로 16,(야당동)
롯데캐슬파크타운 905동 1104호
홈페이지 http://guelbut.co.kr
E-mail juhee6305@hanmail.net
전화번호 031-957-1461
팩　　스 031-957-7319

가　　격 12,000원
I S B N 978-89-6533-189-6 04810